102歳の平穏死

自宅で看取るということ

井上貴美子 著

水曜社

はじめに

今から約2年前の12月のある日、家族が見守る中、１０２歳の父はひっそりと息を引き取りました。まさに、「息を引き取る」という表現どおりの穏やかな最期でした。

父の人生はいろいろあって、うまく生きたとは言えないかもしれませんが、最後は理想の平穏死を遂げることができたように思います。そして、ある意味では立派に死んでいきました。

しかし父は、初めから理想の死に向かったわけではありませんでした。苦しい入院生活もありました。お見舞いに行くと、ミトンをはめられた手を差し出して、「これをはずしてくれ」といつも言ったものです。

また、私が帰るときには、腰に帯を巻かれてベッドにくくりつけられた父は、「俺を家に連れて帰ってくれ」と頼むのでした。

お見舞いに通うそのような日々は、私にとって、迷路に入ったような切ない日々でした。

そこで、私は種々調べたり、平穏死の本を読んだりいたしました。そして、周りの人々に助けられて、父はたいそう安らかな死を迎えることができました。その死は、精神的にも理想の死だったと思います。

本書ではどのような経過をたどってそれが可能になったのかを伝えたいと思います。

父が102歳まで生きたのは稀有なことだと思いますが、入院してからの出来事は、高齢者にはありがちなことだと思います。骨折で入院して、誤嚥性《ごえんせい》肺炎を起こして、しばらくすると口から食べることができなくなり、延命治療の開始。それに記憶障害や認知症が加わるといったことなどは特別なケースではありません。ですから、多くの方に参考にしていただけるのではないかと思います。

延命の中止や自宅での看取り、平穏死など、興味はあるけれど、実際にはどのようなものかが、経験がなくわからない方に、具体的にそれらを述べて、参考にしていただけるように書きました。

入院中には、さまざまな出来事がありました。ドラマのような心温まることや、不思議なこともありました。また父の熱い思いにも、心を打たれました。誰でもが興味をもてるように、看取りの体験記と読み物との両面を持つ手記になるように心がけました。

父は、102歳直前まで、驚くほど心身とも元気で頑張っていました。その秘訣も書きました。

その他、実際に役に立つこと、病院の選び方、自宅での看取りに必要なこと、介護事務所の選び方、葬儀会社の選び方、美しい祭壇のヒントなどについても、紹介いたします。

私は一介の主婦であり、看取りや介護の経験もそれまではなく、今回が初めてでした。わからないことや迷うことも多数あり、そのような出発からの体験記であります。

書いたことには一切、脚色は加えていません。ただし、私の記憶に基づいているので、多少時間の経過が違っているところがあるかもしれません。また記憶間違いもあるかもしれません。

しかしながら、主要なところは間違っていないと思いますので、実話として読んでくださるようお願いいたします。

そして、実際にこのようなことがあったのだと、参考にして役立てていただければ、誠に幸いです。

なお、文中の固有名詞はプライバシーを鑑み仮名といたしました。

目次

第1章

100歳を超えても元気だった父の入院から転院まで

野菜作りに忙しい父

父村上敏男は、亡くなる3カ月半前までは、実の娘昭子と2人で、東京の郊外で静かに暮らしていた。そのときは102歳直前であった。妻はとうに亡くなっていた。

父には娘の昭子の他に息子の啓治がいる。昭子が私の義姉に当たり、啓治が私の夫である。私、貴美子は村上家の嫁である。

義父を「父」と表現するのは、入院中に、義父と濃密な時間を過ごすことによって、私にとって、義父というよりは、本当の父に近いものになったからである。

義父が入院するまでは、私は義父の要求する嫁としての務めを、どちらかと言うと義務、義理でやっていた。しかし、最後には義理の父ではなくて、もっと親しいものとなったので、父と表した。

父は入院する102歳直前までは、本当に元気であった。男性の102歳というと、かなり高齢であるというイメージがあると思うが、重要なことは、こんなに年を取っていても、亡くなる3カ月半前までは、心身共、健康であったことである。本当に稀有のことであろうと思われる。

１００歳を超えた人が「元気」といっても、身の回りのことを何とか自分でしているくらいとお思いかもしれないが、父はそうではなかった。

元農家なので、その敷地は広く、１００歳を超えた父は、そこで何種類もの野菜を作っていた。里芋、ほうれん草、白菜、大根など、またキュウリ、トマト、ピーマンといった夏野菜……。

退職後、趣味の家庭菜園などをする人もいるようだが、１００歳を過ぎた人がそれを超えた規模の野菜作りを行っていたのだ。

あるとき、私は尋ねた。

「お父さん、一生懸命、野菜を作っているの、楽しいでしょ」

「楽しい？　そんなことは考えたこともないよ。でも、野菜が芽を出して、どんなふうに大きくなっていくのかを見るのは、面白いけれどね。俺は、野菜作りしかやってこなかったし、これしかできないからなあ」

父は、少しにっこりとして言った。

父が、「楽しい」と言わなかったことは、意外だったが、やはり好きでないと、これほどはできないであろう。父は、その長い晩年に、野菜作りに精を出していたことが生きがいとなって、生きる張りをもらっていたのではないだろうか。

野菜や花は、日々、大きく育っていく。私は小さなプランターに花を植えていたが、その花が咲いたのを見て、あるとき思った。夫や子どもは私の言うことを、なかなか聞いてくれないが、花は少しの栄養と水だけで、文句も言わず、ちゃんと美しく大きくなってくれる！ うれしいではないか。

野菜や花は日に日に育つ。それを目の当たりにするのは楽しいことだろう。お金もそれほどかからず、土地があれば、やりたいだけできる。体も動かして、血流も良くなるだろう。父の健康の理由の第一は、この野菜作りだったと思われる。

また父は、野菜作りをする他にも、その畑に、庭に、毎日どんどん生えてくる草を、長年の目の敵のようにひっこ抜いていた。父が100歳になるまでに、私はその広い庭に5センチ以上の草が生えているのを見たことがない。

近所の人々は、「草一本生えていない庭」と言っていた。1~2週間に1度、私は父のもとを訪れたが、ときに「こんなに草の生えていない庭が、100歳の人の庭？」と思ったものだった。

お墓の掃除まで休みなくこなす

草抜きの他に、父は自宅の周りの三方の道路の掃除までしていた。それどころか、100歳を超えてもときどきお墓の掃除に行っていた。村上家のお墓は、山の中腹にあり、都会の小ぎれいな公園墓地と違って掃除が大変である。

父は、そのお墓の87段の階段を、休むことなくすたすたと上がり、懸命に草を鎌で刈り、掃除をするのであった。細くて小さい父であったが、長年の農作業で鍛えた体だったのか、休むことなく一生懸命に掃除をしていた。

しかも、私たち4人のうちで、いちばん働いた！ 夫は口であれこれ指図はするが、掃除そのものにはあまり熱心ではなかった。義姉は黙々と働くが、70歳手前で、パワー不足。私と言えば、自分のご先祖様が眠っていないためか、今ひとつやる気力に欠け、まさに手抜き掃除であった。

こんな不思議な家、他にないだろうなあ。それに、ふつうは100歳の人はお墓で眠っているのに……。何という生命力！ と感嘆したものだった。

父はいったいどのような人だったのか。代々続く農家の長男に生まれ、その跡を継ぎ、農業、主に米作りと野菜作りをやってきた。明治生まれで高等教育は受けていないので、若い頃から農業だけを長年やってきた。

そのためか、都会の勤め人や商人のような社交性もなければ、如才のなさ、また出世欲もなかったし、卑屈なところも貪欲なところもなかった。昔の農家の人のイメージと言ったら良いだろうか。

父にあるのは、気概と律儀さと頑固さと家長としての意識であった。そして働き者であった。明治の男とでも言えようか。

その明治の男の父にも、時代の流れが押し寄せて、国の宅地化政策により、1980年代になって、農地を売却することになった。そして、ついに農業を父は終えた。また老齢にもなっていたし、近郊農業も難しい時代になっていた。

それ以降は、自宅の庭に接した畑などで野菜を作っていた。

記憶力が衰え出して……

そんな父も、100歳を超えると、さすがに記憶力が衰え出した。特に新しいことを記憶するのが、難しくなってきたようだ。

「恵理ちゃん（私の娘）は、結婚したらどこに住むの？」

「つくばです」

「つくばねえ。西に富士、東に筑波山と言っていたけれど、子どもの頃、学校でこんな歌、習ったよ」

そう言って、その歌を最後まで諳んじてくれた。よく覚えている！　と感心した。

このように、昔のことはよく覚えていたが、孫がつくばに住むという新しいことは記憶できなくて、会うたびに、どこに住むかと聞かれた。

記憶というのは、不可解なものである。どうして記憶できて、何十年も忘れないのだろうか。難しいものだからこそ、いちばん早く衰え出すのではないだろうか。他のことはそれほど衰えていない父を見て、そう思えた。

精神的には衰えない父

とは言っても、会話に関しては、記憶力以外はそう衰えていなかったように思う。

知人の高齢の老人は、自分のごくごく身辺のことしか話さなかった。数カ月ぶりにわが家を訪ねてきて、するような話題でないことを話していた。例えば、どこそこへ行くときに、切符を失くしたと何度も話していたが、2駅か3駅先の駅のことであり、失くしたといっても安いもので、彼には何の問題もなかったはずだ。

きっと、この人も老化現象で、そのような話をするのであって、若い頃はこんなことは言わなかっただろうと、私は思ったものだった。

小さな子どもは、関心が狭く、ものを深くとらえていないと言えようが、長ずるにつれて、関心が広がり、物事も深くとらえるのであろう。それが老齢になると、子ども時代に戻るのか、話題や関心が小さくなっていくことがあるのではないだろうか。

私の実姉が初めて自分の小さい子ども2人を連れて、86歳の実家の祖母に会いに行ったとき、「その子たちの遊び相手はいるか」ということだけを、祖母はしきりに聞いたそうだ。

姉は驚いたような悲しいような感じで話した。

「おばあちゃん、昔だったら、よかったね、可愛い子ども2人に恵まれてとか、太郎さんの実家の親御さんも、喜んでいるでしょうとか言う人だったのに、そんなことは一切言わないで、遊び相手のことだけ言っていたわ。あゆみちゃんが、近くに遊び相手がいないのが困ったことだから、思うんでしょうけれどね」

たしかに、祖母はそのような「子どもに恵まれた」ととらえて、それを喜び、口に出していう人であった。そうしなかったのは、精神が衰えたと言ったら語弊があるかもしれないが、ことの本質よりも、関心が身近なことだけに限られてきたのであろう。

父は、そんな風に、目に見える身近なことだけを考えるということもなかった。身辺のこと、世の中のこと、テレビのニュースのことなどを話していて、ごくふつうの会話をしていても、精神的な衰えを感じることはほとんどなかった。あるときなどは、

「バーミヤンの大仏をタリバンが破壊しているんだって。何もそんなことしなくても……」と怒っていた。

「貴美子さん、論理と理論はどう違うの？」

時には父はおかしなことを言うこともあったが、これが100歳の人の話すこととは思えない！　というような発言もあった。

「貴美子さん、論理と理論はどう違うの？」と聞かれたときには、正直なところびっくりしてしまった。私は100歳まではとても生きられないだろうが、もし生きても、こんな高等なことは言えないだろうなあと思ったものだった。

父はいわゆる学があるわけではないし、高等教育も受けていないが、しっかりと思考していたのだろう。

こんなこともあった。おそらく100歳前後の頃だったと思う。ある日、新聞を読んでいる父に、「貴美子さん、これは、何と読むの？」と聞かれた。私も読めないが、前後から察すると固有名詞のようである。言い換えれば、他の字は読めていたのだろう。

それにしても父の生活を考えると、このように精神力を保っていたのは不思議であった。

父は他人と交わることもせず、話し相手といったら、とても寡黙な義姉くらいで、100歳を過ぎてからは出かけることもなく、ただ畑仕事や庭の掃除をしていただけだ。会う人と言えば、1週間に1回程度、週末に訪ねる私たちくらいであっただろう。

父は、いったいどのようにして精神力を保っていたのだろうか。畑仕事をすることにより手足を使い、脳の血流がよかったからなのかもしれない。

また、新聞やテレビのニュース、その他のテレビ番組を見ていたので、それで考えたり、世の中の動きについていけたのだろうか。

やることがないとゴロゴロしている冬の日

しかし１０１歳になると、精神はさておき、体力が衰え出した。庭仕事も、休み休みするようになった。庭の石に腰を掛けて、ときどき休んでいた。後ろ姿からは、のんびり休んでいるというより、畑仕事ができなくて無念に思っているように感じられた。

亡くなる前年の１０１歳の冬には、例年になく長い間、温室のように暖かい縁側のサンルームで日がな一日、草が生えてこないことに安心したかのごとく、うつらうつら寝ていた。

そして、サンルームに日が入らなくなると、ストーブにずっとかじりついていた。今、思うと、そろそろ寿命が近づいていた兆候なのかもしれなかった。

そんな父を見て、人は、やろうと思うこと、やるべきことがないと、老いていくものだと実感したものだ。それまでの冬はこれほどゴロゴロしていなかった。やはり衰えてきたのだろう。

「こんな風にゴロゴロしていたら、お父さん、呆けないかしら」と私が心配すると、夫は言った。

「春になって草が生えてきたら、また、目の敵のように取り出すさ。野菜の種まきや苗植えもあるぜ。それから水やりもあるよ」

そうかなあと思っていたが、果たして春になると、父は冬眠から覚めたように元気になった。土を鍬《くわ》で耕し、小松菜などの野菜の種をまいた。トマトやキュウリ、ナスなどの苗も植えた。

小さな体の101歳の父が鍬を振り上げて土を耕す姿は、見ていて、信じられない思いでもあった。父の耕した土は広範囲に及び、私にはこんなに耕せないだろうなあとも思った。

そして、いつものように水やりや草取りに精を出していた。冬にあんなに、ゴロゴロとしていたことが嘘のようであった。春になり、やることができたのだ。呆けないかと心配していた私はホッとした。

骨折から始まった最期への道のり

この年の春が過ぎ、夏がきて、畑にはトマトやキュウリが実っていた。そんなある日、父は腰が痛くなったようだ。

「痛い、痛い」と言って、畑仕事もできなくなって、家で休んでいた。病院に行こうと夫は勧めたが、父は嫌がって行かなかった。しかし、3日目にはついに動けなくなってしまった。

こうなると病院に行くしかない。父は車にも乗ることができなかったので、やむを得ず救急車を呼び、担架で担ぎ込まれて入院した。それは102歳直前の暑い夏の日であった。

こうして、父は最期への道のりを歩み始めることになった。

救急車で運ばれたのは救急病院だった。レントゲンを撮ると、腰椎《ようつい》の圧迫骨折であった。しかし、どうして骨折をしたのであろうか。

父は畑の野菜に水をやるのに、ホースは使わない。井戸みたいな貯水漕から、いちいち水を汲んで、20リットル入るタンクに入れる。その重いタンクを持ち上げて、手押し車に移動させる。そして、庭の横の畑まで、それで運んで行き、その水をじょうろに入れ替えて作物にやる。

とても面倒な作業であるが、父はずっとそれをしていた。101歳になっても！　私たちがホースでやることを勧めても、頑として拒んでいた。

義姉の話を聞くと、その大変な作業の中で、タンクを持ち上げる際に骨折したように思えた。

しかしそのときは、命に差しさわるようなことに至るとは、まったく考えられなかった。

看護師さんは言った。

「お年寄りは、入院すると環境が変わり、呆けやすいので、毎日、家族の方は見舞いに来てください。一度に3人いらっしゃるより、交替でいらしてください」

それで、暑い夏の盛りであったが、義姉と夫と私は、毎日、交替でお見舞いに通った。

頭が混乱したのか、父に入院していることを何度説明しても、父は覚えることができなかった。

「お父さんは、骨折して入院しているのですよ。ここは、親戚の浜田さんの近くのS病院ですよ」

「俺が骨折してるって？　ほんとうかなあ」

「ほら、コルセットが腰に巻いてあるでしょ」

「ここは病院で、お父さんは入院しているのですよ」

「病院？」

こんな会話を何度もした。記憶ができないようなので、夫は紙に大きく、「ここは、S

病院。浜田さん宅の近く。骨折で入院中」と書いて父のベッドの傍らに置いておいた。しかし、父はすぐに忘れてしまった。

誤嚥性《ごえんせい》肺炎を起こして

入院して5～6日経ったときだろうか、父は誤嚥性肺炎を起こした。それまで、私も夫も、「誤嚥性肺炎」という言葉すら知らなかった。「肺炎」というのは、風邪をこじらせて、高熱が出るものといったイメージが、私には強かった。

そして、肺炎で高齢者が亡くなったというニュースを聞くと、「何で、今時、肺炎で人は亡くなるのだろう」とぼんやりと思っていたものだった。

父が誤嚥性肺炎と診断されたとき、インターネットで調べてみた。そこにはさまざまなことが書かれていたが、この肺炎は、高齢者の死亡原因の上位に挙げられており、思いのほか重大な病気であることがわかった。

父は、熱も高く出るようになった。私は心配になってきた。意識のあるうちにと、恵理をつくばから呼ぶことにした。

恵理をつくばから呼んで、一緒にお見舞いに行った。

「お父さん、恵理が来ましたよ」

「おじいちゃん。どうですか」

「ああ、恵理ちゃん。来てくれてありがとう」

そんなことを話しているうちに、父は眠ってしまった。父は生気がなく、辛そうであった。草を目の敵にして抜いていた頃の元気な父は、どこかへ行ってしまっていた。

恵理は、病院を出てから、言った。

「おじいちゃん、元気だったのに、びっくりしたわ。元気がなくて老けていて」

しかし、そんな心配をしたが、父は熱も下がって良くなっていった。誤嚥性肺炎で亡くなるお年寄りは多いが、かなり高齢なのに凄い生命力だと思った。この生命力で、この年まで生きてきたのだろう。

手にはミトン、腰には帯でベッドにくくりつけられて

入院してから、1週間くらい経った頃だろうか。見舞いに行くと、父の手には、大きなミトンがかぶせられていた。看護師さんに聞いた。

「このミトンは、どうしたのですか」

「村上さんは、点滴の管を引っこ抜いて危ないのです。それで、こうさせてもらいました」

これが新聞で読んだ「抑制」なのか。「抑制」の善し悪しはともかく、父のそんな姿を見るのはしのびなかった。病室の老人の動ける人は、ほとんどミトンをされていた。

それからしばらく経って、父は骨折も少し良くなってきたのだろうか、ベッドで上半身を起こして、帰ろうとして、降りようとしていたことがあった。危なくて、私はあわてて看護師さんを呼びに行ったこともあった。

そのようなことが重なったのか、危なくなってきたので、ミトンの他にも、父は帯でベッドにくくりつけられるようになった。

自分が骨折しているということが記憶できないので、入院して病院にいることもわからない。自分は元気だと思っているので、こんなところにいないで、家に帰ろうとして降りようとしているのであろう。もし、自分が骨折をしていることを記憶できて、入院していることがわかっていたら、そのときの父の判断力をもってすれば、ベッドから降りようとしなかったであろう。

私が読んだ認知症のある本には、認知症の主症状は記憶障害で、そこから派生した問題行動が起こる、といったことが書いてあった。なるほどこういうことかと思った。もっとも、そのように書いていない本もあるので、どうとも言えないが、記憶障害は重大な問題である。

「これをはずしてくれ」

それからは、お見舞いに行くと、まず父はミトンをはめられた手をいぶかしい目で見ながら、手のひらを表や裏に何度も返して、いつも、

「貴美子さん、これをはずしてくれ」と言うのであった。

「看護師さんに、聞いてみますから」

「俺がはずしてくれと言っているんだ」と父は怒り出した。

それで、看護師さんに頼みに行った。

「家族のいらっしゃるときは、はずしましょう。お帰りになる前には、ひと言声をかけてくださいね」と言って取ってくれた。

私が帰ったら、またされるだろうことを思うと、複雑な気分だった。父は抵抗するだろうが、力づくで、はめるのだろうか。点滴の管を引っこ抜こうとするのだから、ミトンをされることの意味もわからないのであろう。

帰るときには、ひと言、声をかけた。

「お父さん、帰りますよ」

「俺を家に連れて帰ってくれ」

「お父さんは、骨折をしているのですよ。ここに、治るまでいてください」

「骨折？　知らんよ。連れて帰ってくれ。貴美子さん、お願いだ。連れて帰ってくれ」

といった風であった。ときには、

「お願いだ。お願いだ。俺を家に連れて帰ってくれ。連れて帰ってくれないなら、恨むぞ」と懇願されて、私はどうして良いかわからなくなってしまった。

また、手を合わせて拝むようにして、「貴美子さん、俺を連れて帰ってくれ」と言われたときには、参ったし、心苦しかったし、辛かった。

あまりにそんなことが続いたので、私は、こっそりと帰ったりもした。

切ない迷路に入り込んでしまったような日々

こうして、お見舞いに行くと、ミトンをされた手を差し出して「貴美子さん、これをはずしてくれ」と言い、帰るときには、「俺を連れて帰ってくれ」という見舞いの日々が、私に始まった。

暑い夏の日が続いたので、その暑さも加わり、「まいったなあ」とため息が出てくる日々であった。ため息どころか、「まいったなあ」というのが私の口癖になってしまった。ミトンをされた父を見るのは忍びなく、帰るときには、切ない思いで病院を後にする。この現状をどう打開すれば良いのだろう……。私には、何ができるのか、これがずっと続くのか……。

そのようなことを毎日考えているうちに、私は切ない迷路に入り込んだような日々を送ることになった。そのような日々は、転院するまで1カ月以上続いた。

しかし、今、こうしてゆっくりと振り返ってみると、父は自分が骨折をしたことが記憶できないので、自分はなぜだか家から追い出されて、こんなところに連れてこられて、ミトンをつけられていると思ったかもしれない。そして、「貴美子さん、俺を連れて帰ってくれ」と懇願しても、聞いてもらえない。

そう考えると、とても可哀想だった。

「切ない迷路に入り込んでしまった」のは、父だったのかもしれない。当時は、私たちは父の目の前の現状に、おたおたしていて、そこまで考える余裕がなかったのだろう。

後日、夫から聞いた話だが、もっと後になって、父は自分が骨折して入院していることがようやくわかったようだ。「自分の不注意で、みんなに迷惑かけてしまって、悪いのう」というようなことを言ったそうだ。

むせて、口から食べることができなくなる

ミトンと帯をされた父。そんな姿を見るにつけ、私は参っていたが、さらに問題が起こっていた。誤嚥性肺炎が治って数日して、むせるからと言って、父には口からの食べ物が制限された。初めはプリンなどが少し与えられていたが、むせるためどの食べ物も、食べられなくなってしまったのだ。

私はナースステーションに行って、聞いた。

「少しは、口から食べることは、できませんか」

「むせると大変苦しいですよ。死ぬほど、苦しいです。やめたほうがいいですよ」

とても大柄な男性に、けっこうな迫力で言われてしまった。彼はいつもナースステーションにいる。看護師さんなのだろうか。

たしかに、父の斜め前の入院患者の老人が、むせたのだろうか、大変苦しそうで、お医者さんや看護師さんが何人もあわてて駆けつけて、大騒ぎになったことがあった。

こうして、父は口からまったく食べることができなくなってしまった。「むせると死ぬほど苦しい」と言われると、無理に食べさせるわけにもいかなかった。

口から食べられなくなることが人生の分岐点

口から食べられなくなることが人生の大きな分岐点になるとは、そのときは本当に実感できなかった。漠然と胃ろうなんていやだなあと考えていたくらいだった。胃ろうというのは、内視鏡的手術で胃に穴をあけ、直接栄養を投与する方法であり、比較的簡単に造設できるが、定期的にカテーテルなどの器具を交換する必要があるというものだ。父にはこの歳にまでなってするものでないと思っていた。

ずっと前に私が読んだ新聞には、病院は人手が足りず、ゆっくりと食べさせることをせずに、すぐ胃ろうなどをするが、ゆっくりと注意深く食べさせると、食べることが可能になると、ある施設の例が書いてあった。

しかし病院で、やめたほうが良いと言われると、無理に食べさせるわけにもいかなかった。たとえ食べさせようとしても、年も年だし、むせてとても苦しい思いをすることもあるだろう。

そして、そこまでやっても、父が元気になって、唯一の生きがいの畑仕事をするには、あまりにも遠い道のりのように思えた。

父は口から食べることができなくなったので、お医者さんは、夫を呼んで、「胃ろうか、鼻からチューブか、中心静脈栄養か」と選択を問うたという。

夫は言った。

「でもね、お医者さんは、どれをしても、ねえ……といった感じだったよ」

「そう言われてもねえ。何もしないわけにはいかないでしょ」

選択肢が示されたのに、「もういいです」とは言えなかった。それは医者の手前ではなくて、選択肢があるのに、それを使わないのもねえ……といった気持ちであった。

入院して何カ月も経って、かなり衰えて苦しそうにしていたら、そうは思わなかったかもしれない。しかし、父は入院してからまだ3週間しか経っていない。

また、そのときの父を見ていると、死は身近にあるものでなく、遠い先にあるように見えたことにもよる。今、思うと、人はそんな感じで延命を希望するのかもしれない。

延命方法として、胃ろうも嫌だし、鼻からチューブも、もっと嫌であった。そこで中心静脈栄養とは何かと、インターネットで調べてみた。

中心静脈栄養とは、点滴だけで栄養を十分与えることのできる方法のようである。やり方は、細いカテーテルを鎖骨の下、頸部《けい》（くび）、そけい部（太ももの付け根）などの静脈から、心臓近くの中心静脈に挿入するものであるという。難点は、感染症を起こしやすいとのことである。

なんとなく私たち家族は、「中心静脈栄養」というものが、まだ無理のないもののように思えたので、そうしてもらうことにした。

そして、父は中心静脈栄養を入れられた。入院生活は変わらず、お見舞いに行くと、ミトンをされて困惑した父がいた。

父の病室は6人部屋だが、見舞客、見舞いの家族は、驚くほど少ない。しかし、救急病院のためか、看護師さんは絶えず忙しそうに走り回り、病室はせわしない。何か頼んでも、忙しそうで嫌そうな顔をされることもあった。

父が尿瓶《しびん》を持って来てほしいと言うと、

「オムツをしているのだから、そこにすればいいでしょう」と言う看護師さんもいて、唖然としたものだ。

もちろん優しい思いやりのある看護師さんもいた。そのすげない看護師さんが、ナースステーションを離れたときに、優しい看護師さんに頼むと、尿瓶を持って来て、引き受けてくれた。

転院をすすめられて

そんなある日、夫は主治医に呼ばれて、転院先の病院を探してほしいと言われた。入院してからまだ3週間少々しか経っていないのに……。でも、私はここは長くいるところではない、父も急性症状は治まったのだと考えた。

たしかに、今のところにいるよりも、療養病棟みたいなところのほうが良いのではないか、ミトンもはずされるのではないか、と私は考えて夫に伝えた。

「そうかなあ。まあ、調べてくれよ」と夫は言った。

そこで、次の病院をインターネットで、その夜から探し始めた。私は「療養病棟」と漠然と思っていたが、療養病棟には介護保険対象の介護型療養病棟と、医療保険対象の医療型療養病棟があることが分かった。父は中心静脈栄養をしていたので、医療療養病棟に該当した。その医療病棟とは、急性期医療の治療後、引き続き医療提供の必要性が高いことなどと説明されていて、入院対象者として、人工呼吸器、気管切開、胃ろう、中心静脈栄養などをしている人とあげられていた。それは、数あるものではなかった。

私たちの住んでいるところと義姉のいる実家から通える範囲で調べたが、なかなか良いところはなかった。というか、どうもよくわからなかった。

ソーシャルワーカーの方に、転院について相談してみた。

「どこか、いい病院はないでしょうか。紹介していただけませんか」と私は聞いた。

「それがわからないのですよ。家族の方が探してください。ここに一覧表ならありますが」

その一覧表には、病院名と住所と費用が書かれていた。しかし、それだけ見てもわかるものではない。費用は、医療費の他にレンタルの寝具やオムツも含めてのものだったと思うが、月に15万円から20万円くらい。病院によってそれほど変わるものではなかった。

「転院されて、良かったところが見つかったという方はいませんか」

「転院した人とは、コンタクトはないですからねえ……」

どうも腑に落ちなかったけれど、自分で探すしかなかった。

昼はお見舞い、帰ってきてからは病院探し、お見舞いに行かない日は家事やその他入院に伴った雑用、夜はインターネットで病院探しと、大変忙しい日々だった。

「帰ってくれ。あなたの顔を見たくない」

一方、お見舞いに行くと、父は、ただ天井を見て日々を過ごしているようだった。父の興味のありそうな草花の本を持って行っても見ようとしない。食事もできないし、お風呂もほとんど入れてもらえない。

私が知る限り、父のしていることは、いつもミトンをされた手を不思議そうな、理不尽ではないかというような面持ちで眺めていることだった。そして、いつも言った。

「貴美子さん、これをはずしてください」

また、リハビリの先生が来ても、父は、

「勘弁してください」と言ってリハビリをほとんどしなかった。自分が骨折して、不自由な体になったことがわかっていない父にとっては、リハビリの意義がわからず、ただ苦痛なものでしかないのだろう。

リハビリの先生を見て、父は声を荒らげて言った。

「帰ってくれ。あなたの顔を見たくない」

「それでは、他の担当者に替わりましょうか」

「いや、あなたでいい」

彼は、苦笑するしかなかった。

「すみません。失礼なことを言って」と、私は謝った。

「いいえ。気になさらなくていいですよ。慣れていますから」

他のお年寄りにも、そんな人はいたのだろうか。それにしても、実に我慢強く、父につき合ってくれていた。

父は平素、頑固で自分の意見を変えないところがあるが、人に強く出たり、失礼なことは言わない人だった。その父が「あなたの顔を見たくない」とまで言ったのだ。やはりそれだけ苦痛の毎日なのだろう。特に痰の吸引は、見ていても辛そうであった。

何のための毎日なのか……

食べることもできず、手にはミトン、腰にはベルト、苦しい痰の吸引、リハビリも嫌……。いったい父の楽しみは何であろう。

人間、人生の楽しみのひとつは、食べることと、そして、お風呂に入ることではないかと、ふと思ったが、今の父には無理だった。お風呂にはときには入れてもらえたが、機械浴か何かなのであろう。

何のため、誰のために、父はこうして、ミトンをはめられて、帯でベッドにくくりつけられて、何もしないで、ただ、じっとしているのだろう。妻はもういないし、子どもたちも老境に入り、父自身も102歳である。父は入院して、9日後に102歳になったばかりであった。

また、しばらく我慢すれば、中心静脈もはずされて、自分で食べることができるようになるわけでも、もちろんない。入れ歯をはずされているので、思うように声が出なくて、会話にも不自由している。家族と会話するということもままならない。

父の言うことが聞き取れないことがあったので、私は、

「お父さん、聞き取れないのですが……」と言って、聞き直そうとすると、

「それを聞き取るのが嫁の役だ」と言って、怒り出した。

日頃の父なら、そんなことで怒らなかった。

家に帰りたいのに、なぜだか、こうしてくくりつけられている……とでも思っていて、いらだつ毎日なのだろう。

父は、本当に希望もなく、ただ、何かに耐えているように思えた。いったい、こうして毎日、何に耐えているのだろうか。自分のためではなく、家族のために生き続けているの

だろうか。お見舞いに行くたびに、私にはそのような思いが強くなっていった。

『「平穏死」のすすめ』を読む

私は毎日、新聞の書籍の広告欄をしっかり読んでいるが、父が入院した頃、『「平穏死」のすすめ』と言う本が新聞の広告欄に載っていた。そのときは買うのがためらわれたが、今は違う。

そうだ、あの本を買ってみようと思い、家に帰ってすぐにネット通販サイトでその本を注文した。届いた本を私はさっそく読んだ。

その本には、無理な延命をすればするほど苦しんで亡くなるが、何もしないと枯れるがごとく、苦しまないで亡くなると書いてあった。

苦しまずに死ねるのか。それもいいなあ……と思った。また無理な延命の悲惨さについても考えさせられた。

ここで、『「平穏死」のすすめ』（講談社文庫）について、長くなるが重要な本だったので紹介したい。

著者の石飛幸三《いしとびこうぞう》氏は、特別養護老人ホームの配置医として勤務されている医師である。サブタイトルは、「口から食べられなくなったらどうしますか」ということで、第一章には、誤嚥性肺炎について、胃ろうについて、延命について、種々な実例、家族の選択の例などが書かれている。

読んで良かったし、とても参考になった本であった。それどころか、父の延命に関して、指針を与えてくれた。その中で、私が特に、参考にさせていただいたのは、無理に栄養や水分を与えるのは、苦しめるだけであるという見解であった。末期になって、自宅に戻っても訪問医に点滴をすすめられたときに、この見解を信じて、点滴を断ったものである。

少し長くなるが、引用させていただく。

我々はとかく、栄養補給や水分補給は、人間として最低限必要な処置だと反射的に考えますが、それはまだ体の細胞が生きていくための分裂を続ける場合の話です。老衰の終末期を迎えた体は、水分や栄養をもはや必要としません。無理に与えることは負担をかけるだけです。苦しめるだけです。（中略）また長年老年医学を研鑽《けんさん》している植村和正《うえむらかずまさ》氏は、老衰で死ぬ場合は、栄養や水分の補給がない方が楽に逝けるという

立場をとっています。（前掲書89ページ）

中心静脈栄養の中止の決断

夫にこの本を勧めた。夫は忙しいと言っていたが、会社に行く電車の中で読むと話して、その本を持って家を出た。

夫は、週末1日と水曜日、会社を午後から休んで病院行くことにしていて、その日は水曜日だった。

帰ってきて夫は言った。

「中心静脈は、チューブの入るところが感染症になっていたので、しばらくははずされていたけれど、俺が行くと、ちょうど先生が、再開しにやってきたよ。それで、この本を見せて、もういいと思うんですけれどと、言ったよ」

「それで？」

「もうしないことにしたよ」

「えーっ。お姉さんは？」

「電話して、聞いたら、それで、いいって」

中心静脈栄養をやめるということは、即ち生きていくのに必要な栄養が、充分に摂れなくなるということである。

その先にあるのは、いつかはわからないが、死である。そう思うと、こんなにすぐに決断して良いものだろうかと考えた。

しかし、平穏死の本の内容を思い出してみると、苦しまないで安らかに亡くなるのが、理想のようにも思えた。

今の状態は、ただ延命をしているようで、父には何の楽しみもなく、ただ天井を見て、ミトンをされて寝ているだけである。

無理に延命をすれば、苦しむのは父なのだ。私が102歳でこの立場なら、やはり無理な延命は望まないだろう。

そのようなことを考えると、夫の取った行動も、あながち間違いではないと思えた。ただ、そのときは、単に間違っていないと思っただけであり、後の理想の平穏死に至るとは考えもしなかった。

後日、夫に聞いてみた。

「啓治さんは、平穏死の本を会社に行く途中に読んで、もう、その日の午後には、中心静脈の中止を決めたのでしょ。そんなに早く、よく決められたわね」

「べつに即決したわけじゃないよ。前から、君が親父は辛そうで、何のため生きているのかわからないって、言っていたじゃないか。俺も、親父を見てきて、だんだんそう思うようになって来たんだよ」

「じゃあ、あの本を読んで、すぐ決めたのじゃないのね」

「そう。親父は可哀想なくらいガリガリになっていたし、もう１０２歳だし、好きな畑仕事もできないじゃないか」

「お父さん、ただ、ひたすら耐えているように思えたわ」

「平穏死の本も、あの日自分で読むのは初めてだったけれど、君がその前に、こんなことが書いてあったとか、こう思うといっていたじゃないか」

「つまり、平穏死の本は、気持ちを後押ししてくれたって、こと？」

「そうだね。人の死は、簡単に決められないけれど、あの本を読むと、苦しんで長生きするより、平穏に死ぬことのほうがいいと思ったのさ。まあ気持ちを後押しというか、後悔しなくて済むように太鼓判を押してくれたというか……」

たしかに、私もそのように思っていた。夫は即断したように思えたが、そうではなかったのだ。

また、決断といっても、再開をするのをやめたのであり、それは再開されてから途中でやめることに比べれば、楽な決断であっただろう。

このようにして中心静脈栄養をやめて、父は新たな道に歩み始めていくことになった。

次は医療病棟に転院することになっていた。その少し前だが、転院先として良さそうな病院があったので、義姉と2人で見学に行き、入院を頼んで、まさに受け入れが決まったところであった。

その病院の対象患者としては、中心静脈栄養をしている人が挙げられていた。ところが、それをやめたので、受け入れはどうなるかと心配であった。

今さら、「中心静脈をやめられたならば、受け入れは無理です」と言われたら、どうしようと心配になった。

今から別なところを探して、見学に行き、入院が決まり、ベッドの空き待ちをしなければならないのかと考えると、ずいぶん先のことのように思われた。早く療養病棟に移りたい……。

願いが叶ったのか、幸い受け入れは中止されることはなく、転院は決まった。

父と同室の入院患者のこと

このようにして9月の終わり頃、中心静脈栄養をやめ、転院先も決まったが、父の入院生活は変わらず、私は、精神的に疲れながらも、お見舞いに通い続け、病室には、ミトンをはめられ困惑した父がいた。

父の部屋に行くと、その病室には、いろいろな人がいた。父の斜め向かいの70歳くらいの人は、「や〜まだの、なあかの……♪」と歌っていた。認知症のためか、終わりまで歌詞を歌えず、しょっちゅう、このフレーズを繰り返していた。

そして、私の顔を見ると、じぃーっと見つめ続けた。どうしていいかわからなかった。

ある日、看護師さん2人がその老人に点滴の針を刺しにきた。一方の看護師さんは、彼の上半身をしっかり支えて、しきりに話しかけていた。

「吉川さんは、やまだのかかしの歌が好きですね……。他にどんな歌が好きですか? 吉川さんは、お坊さんだったのですね。どこのお寺の……」

その隙に、もう一方の看護師さんが足の甲に点滴の針を刺した。

「痛いよう。痛いよう」と、その人は言った。

「ええっ。あの人、お坊さんだったんだ。お坊さんだって、呆けるんだ」と思った。しかし、何だか不可解であり、檀家の人々はどう思うだろう。

私の通っている教会の牧師先生が呆けて、「あの人、牧師さんだったのよ」と、人に揶《や》揄《ゆ》されないことを願った。

お坊さんであろうと牧師であろうと、呆けることはあると思うが、その両者は呆けるのに、ふさわしくない職に思えた。もっとも呆けるのにふさわしい職なんてないが……。

父が言っていた。

「好きで呆けているわけじゃないから……」

みんな、そうなのだろう。

退院を前にして

父は、間もなくこの病院を退院して、療養病棟に移る。

これから起こることに備えて、私は平穏死関係の本は、1冊だけでなく、何冊か読むことにした。1人の医師の意見だけでなく、別な医師の意見も知りたかった。

『「平穏死」10の条件』（長尾和宏著／ブックマン社）を読むと、やはりそこには、無理な延命をしないほうが穏やかに亡くなることができると書かれていた。このようにして、私は「平穏死」を信じて、そうなることを願った。

お見舞いに行く途中、その本を読みながら、ふと思った。

平穏死の本を読みながら、１０２歳の人のお見舞いに私は通っている……。これも人生の一コマ……

とても不思議な人生の一コマであった。

この救急病院で過ごした日々は、51日間のことであり、わずか2カ月足らずであった。

それは、切ない迷路に入って、奮闘する日々であった。今でもいろいろなことを思い出すし、自分でも後悔すること、頑張ったことを思い出す。それでも平穏死の本に巡り合うことができて、今、考えると幸運なことであったと思う。

次の療養病棟では、父もミトンをされずに、最期への道を穏やかに歩んでほしいと願って、私は神に祈った。

第2章
医療病棟での穏やかな父と、延命をやめる決断

医療病棟に転院

いよいよ救急病院から退院する日がきた。

父と私たちは、転院先の医療病棟が差し回してくれた搬送車に乗せられて、療養病棟に到着した。それは、夏も終わり、10月の初めのことであった。

そこでは、最初に何人もの看護師さんがていねいに紹介された。それから、お医者さんとの話し合いがあり、家族の考えや要望を聞かれた。無理な延命をしないというのが、私たち3人の一致した意見だった。

「無理な延命は避けたいのですが」

「わかりました」

「もう中心静脈はやめたのですが、この先、どうなりますか?」

「点滴で、栄養補給を続けましょう」

「前の病院ではミトンをさせられていましたが、なんとかなりませんか」

「点滴の管を腕のところから、うまくまわしていけば、しなくて済むと思いますよ」

いったい、あのミトンはなんだったのだろうか。こんな風に簡単に解決できるのかと思うと、なんだかやり切れない思いがした。

前の病院には、優しい看護師さんも多くいたが、ともかく忙し過ぎたと考えるべきか。それとも、こちらが特別な病院なのだろうか。私には見当がつかなかった。

お医者さんの説明が終わって、次に通された場所で看護師さんは、

「今の先生の説明で、何かわからないところがありますか？」

とていねいに尋ねてくれた。

だいぶ前のことだが、私は入院したことがあり、そのとき、同室の年配の女性患者に言われたことがある。

「村上さんはいいねえ。村上さんは、お医者さんの説明がわかって、お医者さんに質問できるから。私は、先生の言っていることも良くわからないし、質問もできないわ」

そのような人のためだろうか。医師のいないところで、看護師さんが改めて聞いてくれる配慮がなされていた。

また、初めに何人もの看護師さんを紹介してもらえたので、名前は覚えていなくても、その後、廊下などで会うと、気軽に話すことができて、ありがたかった。

この病院は、いろいろな点でよくできていた。

清潔だし、設備もよく考えて作られているし、何より土足で病室に入らないのがうれし

かった。玄関先でみな、スリッパに履き替えるのだ。私が入院していたとき、自分が寝ているところに、人々が土足で、昼夜入ってくるのが嫌だった。特に夜には。そんなこともあって、長期の療養病棟には、土足でなくスリッパがいいと思っていた。

病院にはいろいろな仕事の役割分担があるが、オムツを替えたりする介護スタッフは、鮮やかなワインレッドのきれいな色の制服を着ていた。若い女性が多く、きりっと引き締まるあでやかな恰好であった。他の恰好の人より、このような女性にオムツを替えてもらうのは、少しは救われるだろうなあと思った。汚れも目立たないのかもしれない。

それにしても、白、ブルー、淡いピンクの制服が多い医療現場で、かなり派手なワインレッドとは思い切ったものである。

インターネットで病院探し

これが最後の病院と思って、インターネットで必死に探した甲斐があったのではないだろうか。

「療養病棟」は、私にとって未知の世界であり、1度、親類のお見舞いに行ったことがあるくらいだった。

そこでは、入院患者の寝ている向きが悪くて、ドアのすぐ近くに顔がきていて、絶えず顔の横を人々が出入りしていた。何と落ち着かないのだろうか、頭は、奥のほうを向けられないのだろうかと思ったものだった。

ともかく療養病棟について良くわからないので、一つひとつホームページで調べていき、良さそうな病院だと思ったら、今度は病院名や病院長の名前で検索してみた。

非常勤職員のとても多いところや、病院長が長者番付に載っているところもあった。病院からの収入だけなのか、それ以外からのものも入っているのか、などと勘ぐったりした。

この病院を選択したのは、「看護師と同等数の介護スタッフが在籍している」と書かれてあったからだ。それが決め手となった。これなら、看護師さんは忙しく走り回ることもなく、落ち着いて対応してくれると判断したからである。実際に入院してみると、確かにそうであり、とても重要なことであった。

介護スタッフが多いという記事は、病院が作成したホームページで見つけたわけではない。病院のホームページの「採用案内」の中には、「医療専門求人サイト」の作成した、看護師さんに向けた「病院案内」の記事があった。介護スタッフうんぬんは、その中から見つけたものであり、全部の記事をくまなく読んだ甲斐があった。

また実際に、病院に見学に行くと、静かで、清潔で、広くて、ゆったりとしていることも良いと思った。比較的広い中庭もあった。

ありがたかったのは、食堂みたいな休憩室には、お茶の自動給湯設備があったことである。家族は、備えつけの小さな紙コップで、いつでもお茶を飲むことができた。

オムツ交換や治療のとき、家族は部屋を出て行かなければならない。そのようなときや帰り際に、ちょっとお茶を飲んで休憩した。お見舞いというものは、疲れるものであるが、一杯のお茶でずいぶんとホッとしたものだ。

ミトンをはずされて穏やかになった父

こうして、父の新しい入院生活が始まった。お見舞いに行くと、ミトンがされていないためか、父は落ち着いてきた。

今、振り返ってみると、父がミトンをはずされて入院生活を送れたことは、たいそう重要なことであり、それによって、その後、理想のいい死に方ができたと思われる。

前の病院では、お見舞いに行くと、まず、ミトンをされた手を出して、

「貴美子さん、これをはずしてくださいよ」と言うことから、見舞いは始まった。

父はミトンをされた手を理不尽ではないかと思いながら眺めることで、一日を過ごしていたのかもしれない。お見舞いに行くと、上半身が起こされているときは、いつもミトンのはめられた手を見ていたからだ。

今度はそうではなく、見舞いの時間はいつも次のような会話から始まった。

「お父さん。お見舞いにきましたよ。どうですか」

「痛くも、かゆくもありませんよ」

「それは、良かったですね」

「啓治は元気か。昭子は元気か」

「2人とも、元気ですよ」

いつもこのように子どもたちを案じ、ミトンをされていない「痛くも、かゆくもない」父がいた。

お見舞いの日が続き、それは、毎回同じように過ぎていった。判を押したように、

「お父さん。お見舞いにきましたよ。どうですか」

「痛くも、かゆくもありませんよ」

「それは、良かったですね」

「啓治は元気か。昭子は元気か」

「元気ですよ。啓治さんは昨日来たでしょ。お姉さんはおととい来たでしょ」

「そうかなあ。知らんよ」

こんな会話が繰り返された。

5分経って、また同じ会話が始まった。

「啓治は元気か。昭子は元気か」

「元気ですよ」

「それは、良かった。元気が何よりだ」

10分経って、また同じことを聞くのであった。

父は、いわゆる認知症ではないが、記憶力はすっかり衰えていた。それまでも衰えていたが、入院してからは、いっそう記憶ができなくなった。それで、何度も同じことを聞き続けた。

しかし、急激に衰えたのは記憶力だけであって、他はほぼ問題なかった。

「今、何時?」

「4時ですよ」

「だったら、もう帰って夕飯の準備をしなさい」

こんな気遣いもできていた。

ミトンをはずされてからは穏やかな時が流れていき、父は最期への道を歩み始めた。

土曜日にかかってきた医師からの電話

とはいっても、穏やかな日ばかりが続いたわけではなかった。ただ一度だけであったが、高熱を出したこともあった。

入院から5日経ったある日、病院の事務室から、うちに電話がかかってきた。

「病棟の先生に替わります」

「村上さんは、高い熱が出ています。今日は土曜日なので検査はできません。月曜日になって検査をします。肺炎かもしれません」

とお医者さんは言った。

わざわざ電話をかけてくるくらいだから、危ないのかもしれない……。私は、夫に電話してから、駆けつけることにした。夫は、用事があってつくばに行っていた。

あわてて家を出て、最寄り駅に着いた。送迎バスの発着時間まで、まだかなり時間があったので、タクシーで駆けつけた。

父は、別にうなっているわけでもなかったが、いつもの「痛くも、かゆくもない」父ではなく、疲れたように眠っていた。

しばらく病室にいたが、看護師さんが、何かあったら電話してくれるというので、父も眠っていることだしと、帰ることにした。

休日の医療療養病棟は、看護師さんやお医者さん、その他のスタッフも少なくて、閑散としているのには驚いた。聞こえてくるのは、患者のうめくような声である。その声を耳にしていると、世の中から隔離された、存在を知らされていない世界にいるように思えた。

雑踏の中、日常生活をあわただしく送っている私は、こんな不思議な世界が東京の近郊にはあるのだと改めて思い知らされた。

父は肺炎を心配されたが、軽いとのことであり、ほどなく治った。

それにしても凄い生命力だ。父の家の隣に住んでいた、父のいとこに当たるおばあさんは、108歳まで生きた。父の家系には何か長寿の遺伝子でもあるのかもしれない。でも、隣の家も、うちも、みながみな長寿というわけでもない。

医療療養病棟の人々

お見舞い通いにも慣れて、私は、この病院に入院している人たちのことがわかってきた。医療療養病棟というのは、非常に重い病気の人が入る病院であり、死ぬような病気以外に、それとは違った重い病気があることもわかった。

お茶を飲む食堂には、本当に一瞬も静止することなく、首を左右にせわしなく振っている60歳後半くらいの女性がいた。見ていて、何とかしてあげたいと思ったが、無論、私には何もできない。お医者さんもできないから、こうしているのだろう。

ご主人が、話しかけてきた。

「脳梗塞の後遺症で、こうなっているんだ。たぶん意識はないと思うけれど、時にあるのかなあと思うこともあるよ。ニコッと笑ったように感じるときも、たまにはあるよ」

それから続けて、私に向かって、照れくさそうに微笑を浮かべて話した。

「昔、自分が遊んだから、罪滅ぼしに、こうして毎日、見舞いにきているんだよ。不動産業をやっていてね、当時はお金があったよ。仲間に誘われると、つい行っちゃってね」

それから写真を見せてくれた。

その写真には、美しい人が写っていた。2人で並んで、とても幸せそうな雰囲気だった。人生、何が起こるかわからないと実感した。

「奥様、美しい人だったんですね」

「そう。踊りもしてね。2人でよく旅行に行ったよ。これはそのときの写真。今じゃあ、子どもたちも寄りつかないよ。最初のうちは来ていたけれどね」

そう言ってご主人は、奥さんの顔を、いとおしむようにじっと見た。

また、父の前のベッドには、人工呼吸器をつけた男性がいた。彼は、人工呼吸器に何かしているように見えた。何をしているのだろうと思っていると、そのうちに人工呼吸器から、あわただしい大きな警告音が鳴り出した。看護師さんたちが走ってきた。

「まあ、山口さん、器械のネジをたくさんはずしちゃっている。ミトンをしなきゃ」

「山口さんは、ミトンは好きじゃないわ」

看護師さんたちは、人工呼吸器を組み立て直してから、山口さんの手にヒモを長く回して、うまく器械に彼の手が届かないようにした。

ミトンが好きな人はいないだろう。たとえ認知症であっても。彼は、人工呼吸器も好きではなかった。

奥さんは、

「よく、はずそうとしているのよ」と嘆いていた。

毎日、お見舞いに来て、

「今から帰りますからね。明日、来ますすよ」

「これは触っちゃだめよ」

「明日、来ますからね。これに触らないでくださいよ」と、何度も、子どもに言うように話して帰って行く日が続いていた。

ある日、彼のベッドが空になっていた。それで、介護スタッフに聞いてみた。

「山口さんは、どうなさったのですか」

「退院されました」

良かった、退院できてと思ったが、ふと考えた。人工呼吸器をつけて、退院？

そうか。この病院では退院というのだ。たしかに退院だ。死亡といわずに、こんな風に言うのだと思った。

一方、父のベッドの横の人には、お医者さんや看護師さん、その他いろいろな医療関係者がしょっちゅう駆けつけては、何か手当をしていた。彼は、別の病院で、手術中に心臓が止まり、そのまま意識が戻らず、10年も入院していて、この病院に転院してきたとのことであった。

彼の様子を見ると、その表情を描写するのは可哀想で、とても私にはできないが、「もう早く楽にしてあげて」と思わずにいられなかった。

「痛くも、かゆくもありませんよ」

そのような人々に比べると、父はまるで違っていた。見舞いに行くと、

「お父さん。どうですか」

「痛くも、かゆくもありませんよ」といつも返事をしてくれた。ありがたかったし、救われる思いであった。

またこんなこともあった。

「忙しいのに、来てもらって、悪いのう」

「いいえ、大丈夫ですよ」

「そう言ってくれると、ありがたい」

えっー。これが102歳で、もうじき亡くなる人の言葉？　と思ったものだ。入院していて、前日、息子がお見舞いにきたのを忘れているのに……。

脳にはいろいろな機能があり、衰えたところと正常なところがあるというのが実感でき

た。父も、傍から見たら、呆けているように思われるかもしれない。しかし、こんなに深い思考ができるのだ。人を「まだら呆け」などと、簡単には決めつけられないものだと思った。

たしかにある、外からではわからない世界

いつも私は何気なく送迎バスに乗っていたが、私みたいに、天寿をまっとうできそうな102歳の病人の家族のお見舞いで乗っている家族はまずいないのではないだろうか。

送迎バスの乗り場で、知り合った人は、まだ60代前半だろうか、もう6年も人工呼吸器をつけている旦那さんのお見舞いに通っているとのことであった。私が見舞いに来るときには、いつも送迎バスの乗り場で会ったので、毎日来ているのかもしれない。しかも、彼女は少し遠いところから来ていた。

ある日、バスに乗っていると後ろの座席から、会話が聞こえてきた。後ろを振り返るのも気が引けるのでしなかったが、声からすると、50歳前後の女性であろうか。

「こんなことになるなんて。でもね、妹がね、お姉さん、いつでも、いつでも、真夜中でも、電話かけてきてねと言ってくれるのよ」

ここにいる人も家族も重いものを抱えて生きている。外からではわからない世界がそこかしこにあるのだ。

廊下から、うめき声のような声が聞こえてくることもあった。普段の生活ではうかがい知れない世界、そういった世界に接するのは書物の中だけと思っていたが、そのとき私は、その場所にいた。

今も、ふと病院で見かけた人々を思い出し、その人々のことを考えると、頭が混乱する。私には何もできないが、どうしたら良いのだろう。

「罪滅ぼしのために、毎日来ている」と言ったご主人は、今も通っているのだろうか。彼は、どのように思っているか定かではないが、もう、彼女を楽にしてあげて、と私は思う。

こんな風に、重い病気の人々のいる病院に見舞いに行くのは、たいそう疲れるものであった。でも私の疲れなんて、もう何年もお見舞いに来て、重い病気を抱えている人の家族に比べたら問題ではないだろう。うちの父は、もうすぐ１０２歳の天寿をまっとうしようとしているのだ。

看護部長さんがすすめる自宅での看取り

お見舞いの日は続いたが、当初からの予測どおり父は悪くなっていった。足に感染症ができて、何カ所か赤黒くなってきていたし、手も足もガリガリに痩せてきた。もともと細身の父だったが、見ていて痛々しかった。

ただ、いつも父は、痛くも、かゆくもありませんよと話していて、ホッとしたものであったが、悪くなっているのはわかっていたので、いつまでもこの状態が続くだろうとは考えていなかった。

そんなとき、看護部長さんという方から連絡があり、話があるというので、夫が出かけて行った。大きな病院なので、看護師長さんの上に看護部長の石山さんという方がいた。

夫は帰ってきて、看護部長さんに、父を家で看てやってほしいと言われたという。最期までお医者さんは看てくれると言っていたのに……と少し憤った感じだ。今さら言われても、父にはかかりつけのお医者さんもいないのにと私も同じように考えた。

父は療養病棟に入ったのであり、最期までここでと私たちは思っていて、そのときは、自宅で父を看取ることは及びもつかなかった。

そして、看護部長さんの言うことも、深く考えないでいた。

「痛い。痛い。やめてください」

次の私の見舞い当番のときのことであった。

父の手足は、いよいよガリガリになり、点滴の針を入れるのがむずかしくなってきた。長く点滴を続けていると、点滴の針を入れることができる身体の部位が少なくなっていくもののようである。

私が父と話していると、看護師さんが来て、

「ちょっと、点滴が入るか見てみますね」と言って、父の腕をいろいろと触って、戻っていった。ほどなくして点滴の針を刺しに来た。その看護師さんは、2回、3回と父の腕に針を入れようとしたが、うまくいかず、父は「痛い。痛い」と言っていた。あきらめて、その看護婦さんは帰っていった。

しばらくして、彼女はべつの看護師さんを伴って、再度点滴に来た。

今度の看護師さんは、「私、こういうの、得意よ」と言って、父の腕を調べて、針を入れた。たしかに得意なようで、針は1度で入った。

しかし、次回、私が見舞いに訪れたときには、点滴の入る場所がもっと少なくなってきて、針を入れることは難航した。

看護師さんが、父の足の甲に針を刺したが、うまくいかなかった。

「痛い。痛い。やめてください」と父は、足で蹴っ飛ばした。

仕方ないので、看護師さんたちは、数人で父の足を押さえつけて、3回、4回と刺した。そのたびに、父は「痛い。痛い。やめてください」と言った。

私まで「やめてください」と言いたくなった。

父の足は、長い間の栄養不足で、ガリガリに痩せていたが、それはガリガリというより、もっと可哀想な状態であった。「太もも」というが、それは痩せ細って腕ほどの太さしかなかった。そのために膝が異様に大きく見えるほどであり、折れそうにも思えた。そんな父の足を押さえつけて、4回も針を刺しているのだ。

これがいったい、いつまで続けられるのだろうか……。どんな良いことがあるのだろうか。我慢すれば、病気が良くなって元気になるなら、我慢も必要であろうが、そうではない。

それで、私はお医者さんに尋ねた。

「このまま点滴を続けると、どんな良いことがあるのですか」

「命が延びるということです」とお医者さんは、即答した。

「足に何カ所か感染を起こして、赤黒くなっていますが、点滴を続けると、体がだんだん悪くなりますか」

「悪くなります」

どんどん悪くなっていったら、どうしよう……。痛くなるのではないか……

と私は考えた。

「それでも、何かいいことはありますか」

「それだけ、命が延びることです」とまたお医者さんは即答した。

「点滴をやめるということは、考えられますか」

「それは、倫理上の問題が出てきます……」

とのことであった。

そう言われると無理なようにも思えたので、今回はそれ以上は話さず、私はその部屋を後にした。

「啓治は元気か。昭子は元気か」

その次のお見舞いの日も、いつもの会話で、午後もゆっくりと、穏やかに時は過ぎていった。本当に穏やかな静かな時間であった。

「啓治は元気か。昭子は元気か」

「はい。元気です」

「元気が、何よりだ」

これが、5分、10分ごとに繰り返されるのである。

死ぬ前の貴重な静謐《せいひつ》な時とでも言えようか。このような会話で、死に至る前の日々を父と過ごせたのは幸甚なことであった。「痛い。痛い」とか、人生に対する、人に対する不満ではなくて。

「痛くも、かゆくもありませんよ」「啓治は元気か。昭子は元気か」という2つの言葉は、記憶力が極めて衰えた人が言う中で、最高に素晴らしいもののように思えた。

父がこんなことを言い続けるとは、思わなかった。当時は、いがみ合いはしていなかったが、仲の良い親子には見えなかった。父が夫のことを誉めるのを聞いたことがなかった。

いつも父が息子に言っていたのは、「啓治、部屋を片付けろ」であった。同居はしていなくても、実家には夫のものが至るところに置いてあり、長い間、父を悩ませていた。そのようなことや、父の日頃の庭の掃除にかける執念からは、「家を片付けたか」「庭に草はないか」「ちゃんと庭の掃除をしているか」などと言うのではないかと私は思っていた。

しかし、そうではなかった。息子と娘が元気かどうかが最大の気がかりのようであった。私なら、何と言ったであろう。これほどまでに家族の心配はしただろうか。

点滴の中止を決断

父が何度も何度も、子どもたちのことを案ずることに、私の心は打たれた。そして、私は思った。

そうだ。お父さんは、「痛い。痛い」と言って死んでいくのでなく、「啓治は元気か。昭子は元気か」と言いながら亡くなるのが、理想ではないか。家族のことに思いを馳せながら、苦しみもなく、天寿をまっとうできれば、非常に幸せな死に方ではないだろうか。

平穏死の本には、無駄な延命をすればするほど苦しんで死ぬけれど、何もしなければ、枯れるがごとく、苦しまないで死ぬとあるではないか。

「点滴は、もうやめよう」と、私は思い切って決断した。やめて穏やかに逝ってほしい。もう、102歳なのだ。安らかに天寿をまっとうしてほしい……。

ふいに降ってきた考えだが、否、正確には前のお見舞いのときに少し考えたのだが、貴重な決断であった。

それまでは、問題もなく、穏やかに、「痛くも、かゆくもありませんよ」「啓治は元気か。昭子は元気か」と言う日が続いていて、ただお見舞いに通っていて、点滴をやめようとは思わなかった。

しかし、点滴がもう入らなくなってきていて、点滴の針を刺すときには痛い思いをしている。また可哀想なほどガリガリの足になってきていて、これ以上は悪くなるだけである。

もう安らかに逝ってほしい。何日か、何カ月か長生きすることよりも、天寿を安らかにまっとうするということは、大きな価値のあることではないだろうか。そのような思いにとらわれて、私はしっかりと、迷うこともなく、点滴の中止を決断した。

「延命は望まない」と言うのは簡単だが、現実に行われている治療をやめる決断をくだすには、何らかの思いが必要なものである。

私が平穏死の決断ができたのは、父が、息子と娘を案じ続けて、幸せな死に方を暗示してくれたこと、父のガリガリの足に4度も点滴の針を刺していたのを見たこと、平穏死の本を数冊読んでいたこと、102歳という長寿であったことだ。これが、71歳くらいなら、決断するのは難しいだろうなあとも思えた。

「点滴をやめると、どうなりますか」

私は、お医者さんに点滴をやめることを話してみようと思った。夫も義姉も無理な延命は望んでいない。

入院当日、お医者さんは、延命についてどう思うかと、私たち3人に1人ずつ確認した。義姉はどのように考えているのだろうかと思っていたが、義姉も延命は望んでいないと答えた。私たち3人の意見が一致したことに、私は安堵したものだった。

また当日、「窓口は1人にしてください。キーパーソンを決めてください。誰にしますか。日中、連絡のつく人がいいでしょう」とお医者さんに聞かれた。

夫は働いていたので、日中連絡のつくのは、義姉か私である。義姉は寡黙でおとなしく控えめで、交渉なども苦手のように見えた。そのためか、夫は、私に、「頼むよ」と言って、キーパーソンは私になった。

しかし、父の実の子どもは、義姉と夫であるので、真の決定権は彼らにあることはわかっていた。だが、あの4度もガリガリの足に点滴を刺して、父が痛がっている光景を義姉や夫が見たならば、もう延命を望まないであろう。もし反対されたら再開すれば良いだろうと考えて、私はお医者さんを探した。

しかしそのとき、お医者さんが見当たらなかったので、看護師さんに少し話した。

2日後の次のお見舞いのとき、私は看護師さんに呼び止められた。

「奥さんが、無理な延命はしなくて……と話されていたので、看護師さんたちと相談して、昨日は点滴をやめました。先生と話してください」

ちょっと驚いたが、看護師さんたちも、102歳のガリガリの老人の足を押さえつけて、1度ではうまく刺せず、何度も点滴の針を刺すことの虚しさを感じたのではないか。自分は何をしているのだろう、と。

私はお医者さんのところに行った。

「昨日は点滴をやめましたが、今日は入れました。これがなくなれば、もう点滴はやめますか。どうしますか」

一瞬、考えたが、私は思い切って言った。

「はい。やめてください。点滴をやめると、どうなりますか」

「まもなく意識がなくなるかもしれません。明日かもしれないし、いつかはわかりません。水分だけは少し補給しましょう」


このようにして、父は中心静脈も、輸液《ゆえき》の点滴も、やめることになった。この病院に入院した当日、希望を聞かれたので、延命はやめてくださいと希望を出したはずだった。でも、現実には、点滴がなかなか刺さらなくなっても、点滴を続けられていた。

今回は、看護師さんに、「奥さんが、無理な延命はしなくて……と話されていたので」と言われて、延命措置は中止された。そこには「奥さんから、言い出されたので……」といったニュアンスが感じられた。自分たちも思っていたのかもしれないが、言い出せず、私が言い出して、やめる行動をとったのではないか。

102歳の人のガリガリの足を押さえつけて、4度も点滴の針を刺すことは、どう考えても疑問である。

しかし、「医療はここまでにしましょうか」とは、医師の立場から、看護師の立場から言い出すのは難しいのかもしれない。法律上の問題もあるのかもしれない。つまり家族からしっかりと言い出さないと、たとえ初めに希望を出していても、延命は続けられるのだろう。

私たちも毎日お見舞いに行き、父の様子を見ていたから、ガリガリの足に4度も点滴の針を刺されるのを目撃した。もし、あまりお見舞いに行かなかったら、痛くも、かゆくもない父がいただけであろう。

ただ、その時点では、痛くも、かゆくもなかったもしれないが、ずっと点滴を続けていたら、足に感染症を起こして赤黒くなっていたが、それが増していったであろう。お医者さんもそう言っていた。すると父は「痛い。痛い」と言い続けるようになったかもしれない。この時点で点滴をやめることができて良かったと思う。

決断には心の手続きが必要なのか

入院中には、中心静脈栄養をする決断、それをやめる決断、輸液の点滴をやめる決断、家で看取る決断と、決断を要することがあった。

今、振り返ると、わが家はうまくいったと思う。幸い父が102歳と高齢だったので、それぞれの決断をするときに、それほどは私たちに苦悩をもたらさなかった。これが70歳台前半なら、家族にとって大変な思いだと察せられる。

ではなぜ、102歳という高齢なのに、すぐに延命をやめなかったのだろうか。ひと言でいうと、やめる決断をするまで、「一定の心の手続き」を踏みたいと思うためなのだろうか。なにしろ、死は「取り返しのつかないもの」なのである。

また、死は特別な意味を持つ。だから、私も死に向けては、すぐには動けなかった。

私は、用意周到、なんでもインターネットや本で調べて、先に手を打つのが好きだ。そのようなわけで、読みたい本も、ネット通販ですぐに買う習慣を持つ。自分の健康に自信がないので、ワンクリックで注文した健康本がわんさかある。

ところが今回、父が入院したときに、平穏死の本が気になっていたが、すぐには買うのをためらった。それは、やはり死が特別な意味をもつこと、また、その前にやるべきことがあると思ったからだ。

今思うと、一定の心の手続きを踏んで、良いときに延命をやめる決断ができたこと、父と最後の心に残る会話や、お別れができたこと、そして、まったく苦しむことなく安らかに逝くことができたことは、本当に幸せなことであった。

すぐに延命をやめたなら、後悔したかもしれない。もっと後だったら、父は苦しんで亡くなったかもしれない。

父が口から食べられなくなって、初めに中心静脈栄養を選択した。いわば延命だ。今、その選択をどう思うかと聞かれたら、間違いではなかったと思う。

あの時点では、死は遠い先に思えて、すぐに死の選択をすることは及びもつかなかったと思う。ずっと病に苦しんでいたら、初めから延命はしなかったかもしれないが。

入院して、それほど経っていなかったので、何もしなかったら、あれでよかったのだろうかと後悔しただろうが、やってみて、父が決して幸せでないということがわかったのだ。

そして、その後、中心静脈栄養の再開をやめて、良かったと思っている。延命方法によっては、一度始めたものを、途中でやめることがなかなかできないともあるが、うちは、中心静脈栄養を再開しないで済んだ。

意識不明になる前にやるべきこととは

家に帰って、私は輸液の点滴をやめたいきさつを義姉に伝えた。義姉はどう思うだろうかと気になったが、別に反対もしなかった。

私は、点滴をやめたら、意識がなくなるかもしれないけど、それがいつのことかはわからないとお医者さんに言われたと話した。

「明日かもしれないし、わかりませんと言われたわ」

「明日かもしれないって……」と義姉は答えた。

「わからないってことだけれど、その可能性もあるってことでしょうね」

「じゃあ、私は明日行くわ。自分の見舞い当番でないけれど。意識不明になる前に言いたいことがあるの。意識がなくなってからよりもね」


後日、あのとき、お父さんに何て言ったのと、私は義姉に聞いてみた。

「今まで、育ててくれてありがとう、と言ったのよ」

「そうしたら、お父さんは何て言ったの？」

「親だから、育てるのは当然だと言われたわ」

夫にも、点滴を中止したことを話した。夫も何も言わなかった。やはり夫も、もういいと思っていたのだろう。

これで、ついに父は栄養補給もされないことになった。平穏死の本にあるように、穏やかな死に向かっていくことができる、できるのであろうかと考えた。

ともかく足を押さえつけられて針を刺されて、「痛い。痛い」ということはなくなるのだと思うと、ホッとした。ほうっておけば、死ぬまでそれがなされるだろうと考えると、自分の取った行動に間違いはなかったと思えた。

「お父さんを家で看てあげてください」

今度は私が感謝の言葉を言う番であるが、父の担当の看護師さんから電話がかかってきて、看護部長さんから、私に話があるとのことであった。そこで、父にお別れを言う前に会うことにした。

病院に向かう途中、ふと空を見あげると、紅葉が散り始めていた。そういえば紅葉はいつ始まったのだろう……。紅葉に気がつかなかったなんて、人生で初めてであった。

さて、病院でなんと言われるのだろう。

年配の看護部長さんは、看護師さんというより、学校の先生のようであった。看護師さんの指導をしているからだろうか。

「お父さんを家で看てあげてください」

「でも……。今まで元気だったので、かかりつけの医者さえいないのですが……」

「村上さんにとって、今は家で看取られるのがいちばん良いと思います。私は、この前、京都のセミナーに行ってきたのですが、やはり最期は家がいちばんです」
「急に言われても……」
「村上さんは、ここにいるより、家にいられるほうが幸せですよ」
「わかりました。考えてきます……」と、その場を後にした。

ニコニコと見つめ合う

義姉は、父に最後に言うような感謝の言葉を伝えた。今度は私の番であるが、意識不明になる前に、亡くなる直前に伝えるような感謝の言葉を言うのも、ためらわれる部分もあった。しかし、意識不明になってからでは遅いと思って言うことにした。

しばらく前に老人をよく看取る医師が、「今まで、ありがとう」と言ってガクッとなるのは、テレビドラマではあるが、実際に見たことがない、と書いておられた。たしかに、そうだろう。死ぬ前には、意識不明の状態が続いて死ぬことになるのではないかと思う。

そう思うと、お礼の言葉を言うチャンスは今かもしれないと思えた。

そのようなことを考えながら、私は父のもとを訪れた。そして、まず、いつもの会話をした。

「お父さん。お見舞いにきましたよ。どうですか」

「痛くも、かゆくもありませんよ。啓治は元気か。昭子は元気か」

「2人とも、元気ですよ」

そして、思い切って言った。

「今まで、ありがとうございます。お世話になりました」

すると、父は、予想もしないことを言った。

「こちらこそ、ありがとう。お世話になりました」

「あまり、いい嫁でなかったのですが……」

「そんなことはありませんよ」

「ええっー。ほんとに？」

「そうですよ」


それから、父と私はニコニコしてお互いを長い間、じっと見つめ合っていた。照れくさいようだが、父がニコニコしてじっと私を見つめているので、私もそうした。まるで、できすぎた下手なテレビドラマみたいではあるけれど、本当にそうであった。

私は、父の求める良い嫁ではなかった。明治生まれの父は、私に、「明治の嫁」を求めていたようだが、私は、「昭和の嫁、戦後生まれの嫁」であり、父の古い考えには、ついて行けないところがあった。

でも、明治生まれのお父さんが古い考えをしなかったら、いったい誰が古い考えをするのだろう？　と自らを慰めて、父に従ったフリをしていた。だから、衝突はしなかったけれど、こんな風に言われてニコニコ見つめ合うなんて、思いもよらなかった。

そのしばらく前に読んだ、シスターで元聖心大学教授の鈴木秀子氏の本には、人は死ぬ前に、不思議な「仲よし時間」を共有するといった意味のことが書いてあった。私は、これがその「仲よし時間」なのだろうかと考えた。

「仲よし時間」って何だろう

私はその本を読んで、「仲よし時間」を逃すまいと思っていた。これがその「仲よし時間」なのだろうか。もっと、いまわの際に訪れるものなのだろうかと考えた。

私はこの手記を書くにあたって、もう一度、鈴木秀子氏の本を読み返してみた。重要なことなので、少し長くなるが紹介しよう。『死にゆく者からの言葉』と『死にゆく者との対話』（両著とも文春文庫）から引用させていただく。

講演の後、ある大学の医学部の教授が私に次のように話して下さったのです。

「一応二十四時間前後ということになっています。もちろん厳密な意味ではなく、およその時間です。死が近づいている病人が、元気を取り戻し、あたかも回復したかと思われる時があります。その間に、病人は、し残したり、言い残したり、したいと思っていたことをなし遂げることがあるのです。私たちはこの時間を『仲よし時間』と呼んでいます」（『死にゆく者からの言葉』8～9ページ）

つまり、死の間際に訪れる、したいと思っていたことをやるような回復したかに思える不思議な時間であろうか。

この典型的な例を記してみよう。そのしばらく後のことだが、私は友だちと会ってランチをした。そのとき、この「仲よし時間」のことが話題になったので、今回、彼女に詳しく状況を聞いてみた。彼女のお父様が亡くなられたときの話である。

闘病生活を7カ月送っていた彼女のお父様は、何度か危篤のような状態に陥られたが、最期のときに「仲よし時間」のようなことがあったと話してくれた。

亡くなる前の日には、下顎《かがく》呼吸（死の呼吸とも言われる）が現れて、意識も途切れて、もうだめかと思われた。しかし、次の日の朝には回復して、アイスクリームを2さじほど食べて、集まってきている孫たち4人全員をご覧になられて、「みんな大きくなったなあ」と話されたという。

それから、元気になったと思ったので、皆でふつうに過ごして、気分も良さそうだし、まあ大丈夫だろうと思い、集まった人々は帰って行ったと言う。そして、家に帰られた妹さんから、「どう?」というような電話があったので、「大丈夫よ。今、トイレに行っているけれど」と話したそうである。

これは、みなさんが帰られてから、1時間も経たないうちのことだったというが、そのトイレで倒れられて亡くなられたそうである。まさに典型的な「仲よし時間」であろう。

父と私に訪れた「仲よし時間」

では、父と私の場合はどうだったのであろうか。

仲よし時間らしきものが訪れたのが、父の死の間際ではなかったことが私には気になったが、間際とは限らないようだ。『死にゆく者との対話』では、もっと前に訪れた例が記されている。やはり父と私の「らしきもの」も、「仲よし時間」と考えても良いのかもしれない。

父は、通常では考えられないくらい長い長い時間、私の目をじっと見て、微笑み続けた。人の目をじいっと長い間見るのは、赤ちゃん、認知症の人、恋人くらいではないか。2人とも正常な大人が、いったい何をしていたのだろうか。

『死にゆく者との対話』には、次のように書かれている。

世を去るに当たっての準備の時間、和解し、愛を分かち合う時間、そうした死の前のひとときは、一部の医療関係者の間で、「仲良し時間」と呼ばれています。（28ページ）

父と私は、「和解し、愛を分かち合うこと」をしていたのかもしれない。私たちは、喧嘩や言い争いはほとんどしなかったが、世にある舅と嫁の関係のごとく、決して、相手を受け入れて愛していたわけではなかっただろう。

私は、通常のお別れの言葉を言った。正直に書くと、それは、ただ嫁としての務めのつもりだった。

ところが、父のほうはニコニコして、私を長い間見続けていたのだ。父は死ぬ前に、私と「和解して、愛を分かち合おう」としだろうと、今、この本の文章を読んで思う。

仲よし時間は、死にゆく者のほうから発せられるようだ。父がニコニコと私を見続けたので、私は、恥ずかしくて照れくさい気がしたが、父が微笑み続けている以上、それに応えて、私も父をニコニコとして、ずっと見続けていることができて、本当に良かった。父の好意を無にするようなことにならずに済み、心からうれしく思う。

私の人生を振り返ってみると、あれほど長い間、ニコニコとしてお互いを見つめ合ったことはなかった。

この手記の冒頭のほうで、私にとって、父は「義父」から「父」に近いものになったと書いたが、このときから、義父は父のように親しいものとなったように感じられる。

このときまでは、私たちは通常の舅と嫁のレベルであろうが、お互いに不満を持っていたであろう。

もちろん私には父にこんなことを言われたとか、されたとかいった不満はあった。しかし、このときのことは、強く私の心に刻まれて、父に対するそれまでの不満を打ち消してくれた。まさに不満を「和解し」て、今まで持ちえなかった「愛を分かち合おう」とする時間であっただろう。

これで、父に対するさまざまな思いは私から消えてなくなり、私が父のことを思い起こすときには、このニコニコしていた父が、私の生前のいちばんの父の姿となった。

果たして父も、私に対する不満が消えてなくなったであろうか。
それを願う。

第3章
自宅での看取りをすすめられて、心温まる退院へ

自宅での看取りを決心させた言葉

父の意識がなくなるのを心配して早めにお別れのお礼を伝えたが、父の意識がなくなることはなかった。

ほどなくして、私はまた看護部長さんに呼ばれた。

最期は家で看るのがいいという理由だけなのか、もう医療行為は行われていないので、医療病棟にいるのは医療保険の制度上無理なのか。今度はちゃんと話し合ってこようと、看護部長さんのもとに赴いた。

看護部長さんはやはり前回と同様に、自宅での看取りをすすめた。

「村上さんを、家で看てあげてください」

「もう、父は医療行為をされていないので、この病院には、置いていただけないのでしょうか」

「そういうわけではありません。家で看てあげるにはいろいろな条件が必要なのですが、村上さんはそれに当てはまります。この前、京都でセミナーがあり、それに行って、今までのことを少し反省しているのです」

さらに看護部長さんは続けた。

「今までは、最期までしっかりと看てあげようと思っていましたが、それが良いとは限らないと思いました。最期は家がいちばんです。村上さんは、あと1週間から3週間です。家で看てあげてください」

彼女は、熱く語った。

なるほど、京都のセミナーに行って、彼女は燃えているのだ。父を厄介者にしているわけではないことがわかった。

「今は大変でも、3カ月後、1年後には、必ず良かったと思える日がきますよ。村上さんは、退院なさっても、もうこの病院とは縁がないとは思いません。わからないことがあれば、いつでも電話してきてください」


彼女の熱にほだされて、私は考えた。

「あとで良かったという日が必ずくる」と言われたけれど、そんな日がくるといいな……。1週間から3週間程度なら、私たちにもできるのではないか……。

そうだ、家で看てあげよう。平穏死の本にも、無理な延命をしなければ、最期は苦しまないで死ぬと書いてあったではないか。父が、私たち家族の目の前で激しく苦しんで、私たちがオタオタしてどうしようもなくなるということもないのだ。

「それでは、その方向で考えてみます」

「いつからにしますか」

「往診してくれるお医者さんが見つかったら、家で看ます。父はお医者さんとは無縁だったもので知りませんが、今から探します……」

「ケアマネージャーさんに頼むと、お医者さんを探してくれますよ」

と、かたわらにいた父の担当の看護師さんが教えてくれた。


家に帰って夫を説得したが、母親を家で看るのは大変だったから、病院に入れてもらったのにと難色を示していた。私は引き下がらずに話した。

「看護部長さんは、あとで、必ず良かったと言える日がくると言っていたわ。そんな日が来るなら、短い期間なのだから、やってあげてもいいいんじゃない?」

「そうねえ。短い間……か」

「1週間から3週間と言われたわ。そのくらいなら、頑張ったらできるんじゃない? あなたは三木の実家に泊まって、そこから会社に行く。私は、毎日、実家まで通うわ。そうすれば、お姉さんが1人で看るということもないし」

私たちの住んでいるところから実家までは、電車で2駅ほど離れているだけで、比較的近かった。

私は義姉にも、同じように説得したが、はじめは難色を示した。嫁が実の息子や娘を説得するなんて聞いたことがないと思うが、私はあの看護部長さんの熱意を受けて、説得にまわった。

わずか1週間から3週間ということ、そして義姉が1人で看るのではないことが決め手となったのか、2人は受け入れてくれた。

主治医もおらず介護保険も申請していない

父には、主治医がいなかった。父は元気だった頃、医者に行く必要もなかった。高齢になってからは、何かあったときには主治医が必要と思って医者とのコンタクトを勧めていたが、それでも病院に行くことを嫌がった。父は頑固な人だった。

父は本当に長い間元気で、信じられないかもしれないが、若い時分から数十年、内科のお医者さんにかかったことがなかった。かかったのは90歳を過ぎて丹毒《たんどく》をわずらったときくらいだった。

95歳のときには白内障の手術で入院しているが、いろいろ検査した結果を見て、年配の看護師さんは言った。

「こんな元気なご老人は、初めてです」

夫が、ある日、「おやじも老人らしくなってきたなあ」と言ったのは、なんと95歳のときのことである。男性の平均寿命より15歳も年をとってからであった。

だから父は101歳にして主治医もなく、介護保険も申請してなかった。申請して取得したのは今回、骨折で入院したときのことだ。腰椎を骨折した父にはコルセットを買うことが必要になり、介護保険を使えば、コルセットの補助金が出るとのことであった。そこで申請したのだ。

そのときに介護事務所のことも考えた。将来、必要になるかどうかわからないけれど、そのときになってあわてて探すより、一応は目安はつけておこうと、私は考えた。

どこの介護事務所が良いのだろう。近くで親身になってくれるところがいい。誰に聞けばいいのだろう。地域の人の集まるようなところで役員をしている人や、人のお世話をしているような女性の方がこういうことには詳しいはずだ……。

いろいろと考えて、私はふと思った。

教会の牧師先生の奥さんだったら知っているかもしれない……。

私は、プロテスタントの教会に通っていた。

次の礼拝の後、私は牧師先生の奥さんに尋ねてみた。すると、奥さんはこう答えてくれた。

「この近くに、介護事務所があって、教会員の吉田さんがお世話になったのだけれど、とても良かったって。例えば玄関にスロープをつけるとき、本当にていねいに調べてくれたそうよ」

また、牧師先生の奥さんがちょっと聞きたいことがあったとき、その事務所を利用していないにもかかわらず、親切に教えてくれたという。

私はその足で牧師先生の奥さんが教えてくれた介護事務所に行ってみた。しかし、日曜日なので閉まっていた。そこで事務所の電話番号を控えてきた。

父は、長い間、妻を家で介護したので、元気なときには「介護は1人でたくさんだ。俺は施設に入るよ」と話していたので、あまり自宅介護のことは考えなかったが、用意周到が好きな私はできることはしておいた。

今、思うと、父の入院時に介護保険を申請していて、介護事務所を決めておいて本当に良かった。あのとき後れを取っていたら、あと1週間から3週間という猶予がない状況に間に合わなかったかもしれない。

家で看ると決まったら、事は急がなければならない。

私は、介護事務所に電話をして状況を伝えた。往診してくれるお医者さんには心当たりがあるという。すぐに連絡をしてくれてお医者さんが決まった。迅速な対応は本当にありがたかった。

その日は土曜日だったので、月曜日になって私は病院に行き、お医者さんが見つかったことや介護事務所のことを看護部長さんに報告した。これで、家での看取りがはっきりと決まった。そしてその足で介護事務所に申し込みに向かった。

介護事務所を訪れて

介護事務所では、係長さんとケアマネージャーさんに会い、介護支援の依頼をした。ケアマネージャーというのは年配の方かと思っていたら、若くかわいい感じの女性だった。城山さんという30歳前後の明るく気さくな方である。

今後の手続や介護の方針など、いろいろと話し合った。

城山さんから、「ベッドにしますか。それとも、布団にしますか」と尋ねられたので答えた。

「よく、畳の上で死にたいと言いますよね。それもいいと思うのですけれど、やはりベッドは必要ですか。どちらがいいのでしょう」

「そうですね。最初は布団でやってみて、もしベッドが必要とお思いになったら、すぐリースできますよ」

リースの料金を聞いてみると、1割負担で利用できるので、料金はたしか月額2000円程度と非常に安いものであった。正直なところ驚いた。

病院の医療費は高くないが、レンタルの寝巻やタオル代金はそれにくらべて高く感じられた。寝巻やタオルを借りるだけで、どうしてこんなにするのか、と思ったものだ。


諸手続きの話のあと、3人で少し雑談をした。

どんな人が、長寿で、呆けないで、元気なのかと聞いたら、

「体をマメに動かす人だと思いますよ」と、係長さんが答えてくれた。

「この前、訪れたおばあさんは、96歳だけれども、とてもマメな方で……」

「マメに動くってことは、ただ体を動かすというより、精神も働かせているってことでしょうね」

私は、父のことを思い浮かべながら言った。

「いのちが心配だ」

介護事務所と訪問医はすぐに決まった。あとは父の状態が問題であった。

2日後、私は病院を訪ねた。

「お父さん、お見舞いに来ました。いかがですか」

「痛くも、かゆくもありませんよ。啓治は元気か。昭子は元気か」

また、いつもの会話が始まった。

しかし、栄養が摂れていない父はだんだんと衰えていっているのだろう。会話の途中で寝てしまった。退院までもつであろうかと心配になってきた。

やがて父は目を覚ますと、かたわらの私に言った。

「どなた？」

「貴美子ですよ。わからないのですか」

「あっ、貴美子さんだ。声でわかった。それがわからなくなったら、おしまいだ」

父は、入院してから目の筋力が衰えたのか、目が細くなっていき、もとの3分の1くらいしか開いていないで、よく見えなかったのだろう。

「それがわからなくなったら、おしまいだ」とはよく言ったもので、頭は衰えていないことの証明だった。だから、誰がそばにいるのか知りたかったのであろう。

亡くなる前までに、何度か「どなた?」と、私は聞かれたものだ。目で見ようと思っても、思うように見ることができなかったのだろう。父の目はそれほど小さく細くなっていた。

でも、精神は衰えていなかった。点滴をやめる決断をしたあたりだろうか、こんな会話があった。

「貴美子さんは、心配がなくていいねえ」

「お父さんは、何か心配があるのですか」

「いのちが心配だ」

今さらなぐさみごとを言っても、と思い私は言った。

「肉体はなくなっても、魂はなくなりませんよ。あの世はあると思いますよ」

「本当かなあ」

「本当ですよ」

わかってくれただろうか。

父は、あの世は信じていなかったか、または半信半疑だったかもしれないが、神様はいるのではないかと話したことがある。

父は、よく言っていた。

「不思議なもんだ。こんなマッチ棒くらいの長さの小さなツツジの枝を、ただ土にさしておいたのだよ。そうしたら、芽が出てきて大きくなったよ。フミ（父の妻）に、今からじゃあ無理だと笑われたけれど、大きくなったよ」

「あそこにあるのは、そうなんだ」

そう言って庭のツツジを指さした。庭にはたくさんの美しいツツジが咲いていた。

「これは、みんなそうやって増やしたんだ」

何度も、この話をしていた。よほど不思議なのだろう。私も不思議に思う。ポトスなどの枝を水や土に差しておいたら、根が出てくることは私でも知っている。それにして、あまりにも巧妙な仕組みに驚く。水に差しておいても、土に差しておいても、何かを察知して、ちゃんと枝のしかるべき場所から、しかるべき芽や根などが出てくるのだ。そして小さなマッチ棒くらいの枝だったものから、きれいな花まで咲く。進化の過程でそうなったというには凄すぎるように思う。

私が、

「お父さん、神様はいると思いますか」

と聞くと、

「やっぱり、いるのだろうなあ。そう思うよ。そう考えないとねえ」

と即座に答えた。

農作業をしていて、時に神様の存在を感じたのだろう。父には、ツツジの枝をさしておいて大きくなったことの他に、不思議だなあと驚くことがあったのではないか。だから神様はいると思ったのではないだろうか。

神様がいると思うことは、目で見えない不思議な世界の存在を信じていると言えよう。だから、あの世の存在もありえるとも考えられるが、父には、あの世には結びつかなかったのかもしれない。

父は「いのちが心配だ」と言ったが、それは、これから先の自分の身のことをどのように思っているのかが表れた会話であった。

それまでも、私は、父が自分のことをどのように思っているのだろうと考えることもあったが、もちろんそのようなことは父に問うことでもないので、黙っていた。やはり、自分の命のことをわかって心配していたのだ。

あの世に行って、「やっぱり貴美子さんの言うように、あの世はあったのだ。もう命の心配はしなくてよいのだ」と父が思うことを願う。

「退院までもつかなあ」と心配する夫

こうして父は、栄養を摂らない日が続いたので、日に日に衰え、うとうとと寝ている時間が長くなっていった。退院は介護車の配車の都合もあり、すぐにはできず、まだ数日ある。

夫が見舞いに行った日には、かなりの時間寝ていたという。

「退院までもつかなあ」

夫は心配していた。

看護部長さんに、「家で看てあげてください」と言われたとき、私たちは躊躇《ちゅうちょ》した。私がそのことを決断したあとも、夫や義姉は難色を示していたが、今は違う。みんなが父の帰宅を願い、なんとか連れて帰ってあげたいと思っていた。

介護は出口が見えないと言われるが、うちは出口が見えていたからこそ、出口が迫っていたからこそ、早く家に連れて帰ってあげたいと思えたのかもしれない。

お医者さんは、「意識不明になったら退院はやめましょう」と言っている。なんとかもってほしい。

私も義姉も、退院に向けて準備で忙しかった。

病院に行くたびに、家族は話した。

「お父さん、退院は27日に決まりましたよ」

自宅で最期を迎えるに当たり、私はお医者さんに相談した。

「父は、家で苦しむということはないでしょうね」

「ないと思いますよ」

「死んだらわかりますか」

「わかります。息をしなくなりますよ」

「そうですか。点滴はもういいですよね」

「ええ。もういいでしょう」

看護部長さんは、

「口の中が乾くので、小さく切ったガーゼに水を含ませて唇に当てて、吸うようにして口の中に水を入れてあげてくださいね。口の渇きには特に気をつけてあげてください」

と教えてくれた。

退院してからは、このやり方がとても役に立った。

まもなく退院の日が来るが、入院期間は前の病院とほぼ同じで2カ月近くになる。前の病院では私は奮闘の日々であったが、こちらの病院ではミトンをはずされた父と、心に残る穏やかな日々を残すことができた。

救急病院で転院を勧められたときには、とまどった部分もあったが、このような大変穏やかな日を送ることができるとは、事前には予想すらできないことだった。

102歳まで生きてセレブになった父

いよいよ退院の日がきた。私たちは父の病室を訪れた。

「お父さん、今日、退院しますよ」

父はその頃はもう生気がなくやつれた感じであったが、今日はどうであろうかと父の顔を覗き込むと、その目は、今までになく輝いていた。長い間、家に帰る日を心待ちにしていたのであろう。

その後、私たちは、退院のためのさまざまな手続きをした。それが終わると、父はベッドから、搬送の手押し車に移され、玄関に向かった。城山さん、病院でお世話になったソーシャルワーカーさんや看護師さんなどいろいろな人がついてきてくださった。病院の玄関までくると、ソーシャルワーカーさんが言った。

「村上様がお帰りです」

その病院は玄関の横に事務室があるのだが、中の職員は一斉に立ってくださった。搬送の手押し車は玄関を出て、父を搬送車に移し替えることになっていた。簡単なことだと思えたが、なぜだか時間がかなりかかり、どうしたことかと私はあたりを見回した。玄関を出た広場には、なんと担当のお医者さん、看護部長さん、そして何人もの看護師さん、事務の方々が、父の見送りのためにずらーっと立って、父の出発を待ってくださっていたのだ。

白衣を着た人々がずらっと見送りのために立ってくださっている姿は、圧巻だった。私は思わず口にした。

「まるで、テレビドラマみたい」

かたわらの人々は笑った。

いよいよ出発の時がきて、私たちは、お世話になった方々に再度お礼を言い、搬送車に乗り込んだ。

何とか持ちこたえて、いよいよ最期のときを迎えるために家に帰るのだ。しかも102歳で……と私は少し感傷的な気持ちを抱いた。

そして、これから起こることに関して、身構える気持ちと、これで安らかに自宅で最期を迎えられるだろうと安堵する気持ちが入り交じった。

車が発車したので、後ろを振り返った。すると、病院の方々が、手を大きくいっぱいに振って見送ってくださっていた。大きい病院だったので、玄関から門まではかなりの道があった。

晩秋の寒い日、白衣のまま、ずっと見えなくなるまで、皆さんが一生懸命に手を振り続けて、父を見送ってくださっていた。まさに最後の見送りのように。私たちも一生懸命に手を振り、皆さんの見送りに応えていた。

簡易ベッドに寝かされた父が、この光景を見ることができなかったのは、とても残念なことであった。

車が病院を離れて、今しがたの光景が頭の中をかけ巡ると、なんだか目頭が熱くなってきた。

この日のことは、一生忘れられないであろうと考えると万感の思いが胸に迫ってきた。

私は考えた。こんなふうに見送られるのは、名を成したスポーツ選手や芸能人、皇族など……いわゆるセレブではないか。

「お父さん、102歳まで頑張って生きて、ついにセレブになったのよ」

私は、今まで考えたこともないような不思議な思いにとらわれた。

「セレブ」とは無縁の父であったが、このような見送りを受けたことは、紛れもなく確かなことであった。孤独に生きた父が、多くの人々の温かい思いを受けたときであった。

102歳の人が最期を迎えるために家に帰ろうとしていることへの人々の思い、胸が熱くなると言ったら良いのだろうか、その気持ちの表れとして、自然と大きく手を懸命に振って見送ってくださったのではないだろうか。まことに幸甚なことであった。

この日のことを、後に城山さんと話す機会があった。彼女は言った。

「本当にテレビドラマみたいだったわ。向こうのソーシャルワーカーさんに聞いたのだけれど、毎日、人が死んでいく病院で、生きて帰った人は初めてだって」

皆さんの熱心な見送りの気持ちもわかる。これが80歳だったらそうではなかっただろう。

あれから2年になるが、先日城山さんに偶然街でお会いした。彼女は近隣にお住まいだ。

「今まで、何度も退院に付き添ったけれど、みなさん病室で手を振ることはあっても、あんなに病院の外まで出て、盛大に見送ってくれたことはなかったわ」と話された。
父は102歳なのだった。皆さんの心からの見送りであった。

第4章
家に帰って来た父と、介護体制の中での平穏死

「幸せだ」

家に帰って落ち着いたところで、私は、聞いた。

「お父さん、家に帰ってきましたよ。どうですか」

父はひと言答えた。

「幸せだ」

最期を迎えるために家に帰ってきたことがわかったのだろうか。どうだろう。ただの退院と思っているなら、「やっと家に帰れた」とか「やっぱり、家がいちばん落ち着くよ」などと言うかもしれない。

しかし、家で看取られて亡くなるために帰ることができたら、やはり、「幸せだ」となろう。


しばらくして往診のお医者さんと訪問看護師さんが来てくれた。お医者さんは50歳くらいだろうか。大きな体格の闊達そうな人だった。

お医者さんは、父の病状を細かく聞いてきた。前の病院から紹介状が届いているはずなのにと思ったが、家族から直接聞く方針なのかもしれないと思い、私は聞かれたことに答えた。

それでも、父に、「朝食は、何を食べましたか」と質問したのには面くらった。父はもう何カ月も何も口にしていないのだ。紹介状にもそのことは書いてあるはずだ。父は黙っていたが、どう感じたのだろうか。

しかし、このお医者さんとのつき合いも長くないだろうと思い、それ以上考えるのはやめて、前から気になっていたことを尋ねた。

「父をお風呂に入れてあげることはできますか」

「やめたほうがいいでしょう。急に血圧が下がったら困りますからね」

たしかに、畳の上かベッドの上で安らかに亡くなることを希望しているのに、お風呂に入って水死したのではたまらないし、父も浮かばれないだろう。

「わかりました。無理に入れて何かあったら大変ですからね」

と答えた。

お医者さんは帰り際、自分の携帯電話の番号を教えてくれ、「困ったときはいつでも電話してきてください」と、ていねいに言ってくれた。

同じく看護師さんも、「何かあったら、自宅から駆けつけますから」と携帯電話の番号を教えてくれた。

あっと言う間に搬入された電動ベッド

その日の夕方近くなって、また城山さんが様子を見にきてくれたので、父の上半身を起こすことに苦労していると相談した。

「それなら、ベッドを入れましょうか。今から手配すると、今日のうちに入るでしょう」と言われたので、お願いした。

家族は病人の看護で精いっぱいで、いろいろな手筈は整えられない。ケアマネージャーさんは、なんともありがたい存在であると実感した。

今、自分でベッドをリースする会社を探して頼むことは、即座にはとても無理なことであった。

わずか1時間半後くらいに、電動ベッドが着き、数人の若い男女が庭で組み立ててくれた。ベッドは大きくて組み立てに時間がかかったが、暗がりの中、みなさんが一生懸命てきぱきと動いてくれて、縁側から入れてもらった。

「ありがとうございます」

みなさんが一生懸命組み立ててくれているのを見ているうちに感謝の気持ちがわいてきたので、それを伝えた。

組み立てに小1時間かかったが、あっと言う間にベッドに寝かされた父がいた。これで、上半身を起こすのに苦労しなくなると思った。

また、こんなに早くベッドが入ったことにも驚いた。なるほど自宅介護の体制ができているのだと認識した。

父が元気だった頃、何しろ年も年だから介護保険を申請しようとしたが、嫌がっていた。またデイサービスに行くことを勧めても、「嫌だよ。あんなところへ行って、チイチイパッパを歌わされるなんて」と話していた。

まさかチイチイパッパはないだろうが、当時テレビで見たその光景はそれに近かったように思えた。それは、父のしっかり生きようとする矜持《きょうじ》に反するものだったのだろう。

だが、介護サービスを利用するようになり、自宅介護が始まった。

まずは、私が自宅に戻る前に義姉とオムツを取り換えることにしたが、これが思ったよりずっと大変で、2人は四苦八苦した。きっといいやり方があるのだろう。明日、誰かに聞いてみようと考えた。

夜になって、私は自宅に戻り、夫は父のもとに泊まった。

その夜、父は、ふすまのほんの近くに裸電球がぶらさがっているのを見て、「あんなにふすまに近づいていたら、ふすまが燃えたら危ないじゃないか」と言ったという。

その裸電球は、急遽、夫がつけたもので、たしかに危ないように見えたが、もう2週間以上栄養を摂っておらず、衰弱して退院までもつだろうかと心配された父が、そんなことが考えられるほど頭が働いているのは不思議であった。

「もう、点滴はいいと思うのですが……」

次の日、城山さんと訪問看護師さんが来てくれた。

オムツ交換の仕方を聞いたら、2人でていねいに教えてくれた。体を浮かせて、その下にオムツを入れるのではなく、体を横にしてオムツを引いて替えるのだという。

オムツといえば、夫が昔、こんなことを言っていた。

「オムツに始まり、オムツに終わる」と。

始まりは仕方ない。赤ちゃんは自分がオムツをされているという認識もないし、それにオムツを替えるのも簡単である。ところが終わりはそうはいかず、オムツを替えるのは、思っていたよりはるかに大変であった。

オムツは1枚でなく、何枚も重ねられていた。オムツで終わりたくないなあと、切に思った。骨折しないようにしなければならないと深く心に刻んだものだ。

訪問医も来てくださった。

「皮下点滴というものがあります。いいものですよ。それで、水分補給をしましょう」

私も義姉も、もう点滴はいいと思っていた。

「もう、点滴はいいと思うのですが……」

「水分を補給しないと苦しみますよ」

平穏死の本にはたしか、何もしないほうが苦しまないと書いてあったはずだ。

「それでは、考えておきます……」と、その場を切り抜けた。

いよいよ始まった自宅での看取りの日々

毎日、ヘルパーさんも来てくれ、体をふいてくれたり、オムツを替えてくれたりした。人に来ていただくと気を使わなければならないと思っていたが、後始末まで全部やってくれるので助かった。

私や義姉は、看護部長さんに言われたようにガーゼに水を含ませて、ときどき父の口に含ませてあげた。また、オムツ替えやその他の父の世話のほかにも洗濯や食事の準備、買い物などの家事もした。慣れないので忙しかった。

父の介護用の買い物は、要領がよくわかっていないので時間がかかったが、大型スーパーの介護用品売り場に行くと、良いものが見つかった。

訪問看護師さんは、「こんな便利な寝巻があるのですね」と言った。

毎日ではないが、訪問看護師さん、ケアマネージャーの城山さんが訪れてくれた。ちょっとしたわからないことを聞くことができるのはありがたかった。

城山さんは、明るくて気さくな人だ。それだけでなくしっかりしていて、テキパキといろいろなことを整えてくれた。まさに得難い人であった。

訪問看護師さんも傷の手当をしてくれたり、体を見てくれたり、いろいろなことをしてくれた。

初めは、もう医療行為をしていないので、看護師さんに来てもらうことがそんなにあるのかしらなんて思っていたが、そうではなくて、しょっちゅう来ていただいてありがたかった。

家の中に、病人、いや、もっと死に近い人がいたので、閉塞感はあったが、彼女たちが明るい人だったので、その閉塞感が少し和らいだ。

お医者さんも、3〜4日に1度くらいのペースでやってきてくれた。

平穏死の本を信じて良かった

お医者さんは相変わらず皮下点滴を勧める。私が断ると、「苦しみますよ」と強く言った。そう言われると、私としても、何と答えたらよいかわからなかったので、黙っていた。まさか「平穏死の本にはこう書いてありますけれど……」とも言えなかった。

「苦しみますよ」と言われたが、実際の父はまったく苦しむことなく、大変安らかに亡くなった。平穏死の本を信じて良かったと思う。

だが、点滴で水分補給をするかしないかについては、夫とは見解が異なった。

夫は会社から電話をかけてきて言った。

「水分補給をしなければ脳梗塞になるぜ。なったら大変だ。点滴をしてもらおう」

「今さら、点滴はいいわ。それに、平穏死の本には、何もしないほうが枯れるが如く、苦しまないで死ぬと書いてあったわ」

それでも夫は、次の日も会社から電話をかけてきた。

「脳梗塞になったら困る。点滴をしよう」

「何が困るの」

「とにかく困るんだよ。点滴をしよう」

「困るって、脳梗塞で死ぬこと？ 後遺症が残ること？ まさか話すのにろれつが回らなくなったり、足を引きずって歩くのが困るってわけじゃないでしょ？」

「絶対必要だよ」

かなり強い調子で夫は言った。

延命措置をしないことに関しては納得しているはずなのに、夫はいったい何を心配しているのだろう。まさか後遺症が気になるわけでもないだろうが、なにか理由があるのだろうか。点滴をしないで安らかに逝ってほしいのに。

こうなったら多数決だと思い、私は義姉に聞いてみた。

「もう点滴はいいわ。このままでいいわ」

そう、点滴はもういい。2対1の多数決とあって、夫は仕方なく引き下がった。

それにしても、どうしてあんなに脳梗塞にこだわったのだろうかと、後日、夫に聞いてみた。

「おふくろはパーキンソン病だったけれど、最後は脳梗塞で死んだから、おやじは、脳梗塞はこりごりだと言っていたからさ。手がダラーンとしていたんだよ」

と夫は苦笑した。

そして、夫は、手を持ち上げても、たちまち脱力して、ぶらーんとなるような身振りをしてみせてくれた。

それとは状況が違うと思うけれど、人には不可解なこだわりがあるということだろう。

「ひょっとしたら今日か明日かもしれません」

父は自宅に帰って、次の日から元気がなくなっていったが、とりわけ3日目あたりからは急速に元気がなくなり、眠っている時間が長くなった。

父は和菓子が好きだったので、お饅頭の餡をつぶして水で溶き、ガーゼに含ませて父の口に入れてあげると、満足そうな顔をした。

しかし、そんな満足の時間もなくなり、日に日に衰えていった。もうほとんど話さず、何か尋ねても、うなずくのが精いっぱいであった。もちろん、「啓治は元気か。昭子は元気か」と聞くこともなかった。

確実に死が近づいて来ている。

床ずれを防ぐため、体を横にして寝かすのはやめて、もうふつうに寝かせてあげることを義姉に提案してみた。義姉もそう考えた。

死に向かっていく日がやってきたのだ。

退院して7日目、訪問看護師さんが言った。

「もうすぐ亡くなるでしょう。ひょっとしたら今日か明日かもしれません。足の先にもう血液がいかなくなって青黒くなっているでしょ」

そのことは私も気づいていたが、それほど差し迫っているとは思わなかった。しかし看護師さんの言うことだから間違いないだろう。今日か明日もしれない。いずれにしても3日以内というあたりだろう。

私は、会社に行っている夫に電話した。

「看護師さんが、ひょっとしたら今日か明日かもしれないって言っているわ。今日っていうふうには今のところ思えないけれど……」

「わかった。明日から会社を休むよ」

私も、明日はここに泊まろう。泊まる用意もしてこようと思った。看護師さんに予告をしていただいたので、心の準備を始めとしていろいろなことができる。ありがたかった。

その日の夕方、私は「お父さん、今晩は生きていてね」と願いながら自分の家に帰った。今までずっと付き添ってきたのだから、せめていまわの際には立ち会いたい。

幸い、その夜は大丈夫であった。

元の大きさに戻っていた父の目

翌日、私は泊まる予定で、父のもとを訪れた。

「お父さん、貴美子です。おはようございます。いかがですか」

父はかすかにうなずいたが、もうほとんど眠っている状態だ。本当に今日か明日かもしれない。

父が自宅に戻ってから明日で9日目になる。看護部長さんが言っていた「3週間」も終わりに近づいてきた。

それにしても、何も栄養は与えられていないのに、こんなに長く生き続けていることは驚きであった。その日、昼間はべつに大きな変化はなく過ぎていった。

夜になったが、私は泊まる予定なのでそのまま実家にいた。8時半頃だろうか、家族の3人が父のベッドの周りを取り囲んでいた。

突然、父が声を振り絞るようにして言った。

「あげて。あげて」

「あげる」って何？

「あげる」といえば電動ベッドしかない。電動ベッドは、上半身を起こしやすいように、退院したときにリースしたものであった。スイッチひとつで、上半身が起きられるようになっていた。便利なものであったが、父はそれを下げていくときがなんだか怖い、と言っていたものだった。だからなのか、今までに父がベッドを「あげて」と言ったことはなかった。

もうこの頃は、父は自分からは話しかけることはなかったので、不思議な気もした。

私はいぶかったものの、父が言うとおりに電動ベッドをあげた。ベッドをあげると父の上半身が起きる形になった。

父を不可解な面持ちで見ると、父の目がなんと元の大きさに戻っているではないか。

ずっと、3分の1くらいしか開いていなかった父の目が、明らかに大きくなっていたのだ。

「お父さん、元の大きさの目になっているわよ。小さくなっていたのに」

「ほんとうね」

義姉も言った。

「どうしたのかしら。不思議、不思議。元の目よ」

私は、あまりのことに驚いて騒いでいた。

父の目はそれだけでなく、不思議な黄色の強い光を放っていた。とても衰弱したもうじき亡くなる人の目には見えなかった。それは、まるでこの世とは別の次元の世界からの光の色のように思えた。私たちと視線を合わせることもなく、父はしばらく何かを見ていた。

あまり長くベッドを上げているのも父が疲れると思い、ほどなくしてベッドを戻した。そして、その日は次の日に備えて早く寝た。

次の日、退院してから9日目になるが、その朝の6時頃、夫は言った。

「もう、息も絶え絶えだぜ」

8時にはかろうじて反応があったが、9時に父を見に行ったときには返事がなかった。

「お父さん、お父さん。聞こえていますか」

あわてて父を揺り動かしても反応はまったくなかった。昏睡状態に陥ったのだ。

訪問看護師さんがいつものように来てくださったので、私は昨日の不思議なことを話した。

「最後に、家族の顔をしっかり見たかったんじゃないですか」

ああ、何と私は馬鹿なんだろうと心の底から思った。鈴木秀子さんのいう「仲よし時間」だったのだ。大騒ぎをしないで、ちゃんと父の顔を見てあげれば良かったのに。あれほど「仲よし時間」には気をつけていたのに……。あまりのことに驚いてしまったのがいけなかった……。

後日、義姉にこの話をすると、彼女は言った。

「手を持ち上げていたので、ベッドの枠にでも掴まるのかと思ったけれど、そうでもないので、その手を握っていたわ」

と義姉は言って身振りで示してくれた。

肘は体に付けて、手首を差し出すような感じで、上にもたげたと言ったらよいだろうか。まさに、人に手を差し出した格好だった。

人は、死ぬときは家族の顔を見て、手を握って死んでいきたいであろう。父は、最期になってそれを実行したのだ。私は馬鹿だったが、幸い義姉が手を握ってあげたのがせめてもの救いであった。

痛みも苦しみもなく穏やかに息を引き取る

父は昏睡状態になってからほどなくして下顎呼吸をし始めた。平穏死の本にあったとおりだ。

下顎呼吸とは、最期の呼吸と言われるもので、顎を突き出すようにしてやっとするような呼吸のことである。胸郭を使った呼吸が下顎を使った呼吸に変わり、呼吸回数が極端に減少するようである。

いよいよあとわずかな命なのであろう。

早めに昼食をとり、食事の後片づけをしていると、「息が止まったよ」と夫が駈け込んできた。急いで行ってみると、そのときは父はまだ息をしていた。

後片づけを終えて、いよいよこれから起ころうとしていることに対して緊張した面持ちで、父の前に3人で座った。いまわの際とは、まさにこのときのことかと思えた。

目の前の父は、下顎呼吸をゆっくりとしている。しばらく息をしていたかと思うと、息をしなくなった。しかし、すぐに息をし始めた。と間もなく、また息をするのをやめた。また息をはじめて、だんだんと息をする持続時間が短くなっていった。ああ、息をしていないと思うと、また息をし始める。

「みんな、いるよ」と、ときどき夫が言った。

家族で父の手を握っていた。

息というものは、自分でしているのだなあと、このときあらためて思った。ああ、もうしなくなったと思っても、また自分で息をし始める。

長距離走の終わりのほうで疲れてきて歩き出し、それでもまた走り始め、また休んで、頑張って最後のゴールまでたどり着く……。父の呼吸はちょうどそんな感じであった。

１０２歳の長い人生のゴールまで、父は今、最後の気力を振り絞って歩んでいるように見えた。何度かもう息をしなくなって亡くなったのかと思ったものだが、そうではなかった。

ほどなくして、本当にもう息をしなくなった。ついに息を引き取ったのだ。そして一瞬、痛そうに顔をしかめた。すると、ほろりと涙が一滴、父の頬を伝わって流れた。

私は父の耳元で囁いた。

「ありがとうございました」

父は、家族に見守られるなか、痛みも苦しみもなく穏やかにひっそりと逝った。

まさに私たちが願った平穏死であった。

私は平穏死を願い、「痛い、痛い」ではなく、「啓治は元気か。昭子は元気か」と家族の名前を言いながら亡くなるのを望んだ。しかし、もはや父は話すことができなかった。

だが、その代わりに「みんないるよ」と夫が言い続けるなか、父は亡くなった。

聴覚は最後まであると聞いている。夫のこの言葉を聞いて、「啓治も、昭子も、元気だ」と憂えることなく、父は安心してあの世に行ったのではなかろうか。


「お茶でも、飲もう」と夫は言った。

私たちは、何も話すこともなく、お茶を飲んだ。虚脱感といったら良いのだろうか、何も言葉を発する気力がなかった。

後日、夫に、父が死んだとき、どう思ったかを聞いてみた。

「まあ、しゃあないなと思ったよ」と夫は答えた。たしかに人の死はいかんともしがたいということだろう。そして、続けて言った。

「おふくろは5年も病気をしていて、家族も大変で、本人も辛かったんだよ。だから、親父が楽に死ねて、ほんとに良かったと思っているよ」

布団の上で安らかに眠る父

しばらくしてお医者さんと看護師さんが来てくれて、父の死亡が確認された。もうはっきりと死んだことがわかっていたので、取り立てて言うこともそれほどなかった。「ご臨終です」と言われて緊迫するようなこともなかった。

家族で清拭をしてあげた。葬儀では形ばかりの清拭をするが、タオルできちんと拭いてあげた。

看護師さんに、「入れ歯はありますか」と尋ねられた。

「入れておいたほうがお顔が整うでしょう」とはずされていた入れ歯を入れて、顔を整えてくれた。整えるのは難しかったが、なんとか形になった。

私は、父の生気のない顔にお化粧をしてあげたかったが、お父さん、怒るだろうなあと思うとできなかった。

しばらくして城山さんも来てくれた。

「ベッドを取り払って、布団に寝かせてあげましょうか」と言ってくれたので、お願いした。

ほどなくしてベッドの引き取りの人が来て、すぐにベッドを撤去してくれた。そうして布団を敷いて、父を寝かせてあげた。

大きな電動ベッドではなく布団に寝かされている父は、安らかに見えた。あっと言う間にベッドが取り払われたことに驚くと同時に感謝の思いがあった。

「足が黒くなっていますね。靴下をはかせてあげましょう。靴下はありますか」と城山さんに聞かれた。父の靴下が見当たらなかったので、私は、夫のものをはかせてあげた。

布団カバーは、父の退院後、いくつか必要になったのであわてて買ったものだが、とても清楚なきれいな柄だった。そのきれいな真新しいカバーの布団で寝かされた父は、単なる死体ではなく、大切な人が安らかに眠っているように見えた。

「布団に寝かせてあげたら、落ち着いたわ。ベッドに寝ているのとはずいぶん違うわね」

と私は言った。

苦痛のうちに亡くなるならば、もう、早く楽にしてあげてと願うだろうし、安らかにお眠りくださいという思いにもなるだろう。

ところが父は、遺族のそんな思いとは別世界で、すでに安らかに眠っているように見えた。

点滴の中止からこのときに至るまで、ゆっくりと手順を踏んで穏やかに亡くなっていったので、そう感じられたのかもしれない。

第5章
美しい祭壇での葬儀と、自宅での看取りについて

葬儀会社を選ぶまで

父が亡くなり、無事に遺体を安置すると、「安置」というより、「布団に寝かせてあげた」と言ったほうがふさわしく思えるが、その日、葬儀の手配を大手流通企業のグループ会社であるA社に頼んだ。その会社の特約店が葬儀をやってくれることになっていた。

父が療養病棟に移ってから、私は葬儀社のことを調べていた。

そのしばらく前に読んだ新聞には、「葬儀アンケート」というのが載っていて、葬儀会社に不満な人が多いと書いてあった。

その理由として、予想外の費用がかかったこと、見本と違うような棺桶や骨壺であったこと、葬儀会社の不手際などを後で抗議しても取り合ってくれずに泣き寝入りになった、などが挙げられていた。

それを読んだ私は、明朗会計の葬儀会社を選ぼうと思った。また、泣き寝入りはしたくないと思った。その2つの観点からインターネットで葬儀社選びを始めた。

料金体系を見ると、あとで予想外の費用が発生しないというようなアピールをしているところもあった。しかし、そもそもお葬式の知識がないので、何が必要なのかわからず、料金体系をみても、妥当なのか判断できなかった。

では、「泣き寝入り」はどういうことか。ふつう、粗悪品なら返品や交換ができるはずで、そうなら泣き寝入りにはならない。ところが葬儀は、あとで「返品」というわけにはいかない。

サービス業は、一般に「返品」できない。しかし、レストラン、ツアーの旅行、美容院など、それぞれの業者は、顧客にリピーターになってもらおうと努力するのではないか。ところが、お葬式で喪主を務めるのは、一生のうちでせいぜい2~3回だろう。リピーターとはなり得ないのだ。

また、遺族は混乱の中で、よく検討する時間もなくて、業者を選ぶこともある。その意味で、葬儀社というのは、極めて特殊な業種なのかもしれず、そのような背景のもとに、いいかげんになされることがあるのかもしれない。

その泣き寝入りをするというのは、あとで抗議できない、または、しても対応してくれないということだろう。だったら、対応の窓口がしっかりしていたら、いろいろな点が改善されるのではないかと考えた。

インターネットでつぶさに調べていくと、A社の葬儀は特約店がやってくれるとのことであった。これなら、特約店に不備があればA社に訴えればいいことになる。それが重なると、その特約店は外されるだろうと考えた。

そのことに目が留まり、その会社の葬儀のホームページを丹念に読むと、明朗会計だし、そのほかも良さそうに思われたので、A社にお願いすることにした。その特約店のひとつは、実家からも、うちからも比較的近いところにあり、交通の便も良かった。

何かと忙しい葬儀の準備

夜になって、私は家に帰った。精神的に疲れていたが、やるべきことがあった。葬儀の列席者に渡す会葬御礼の原稿書きである。

お葬式に行くと挨拶状をもらうが、それはなんだかもったいぶって書いてある形式的なものであり、なんとかならないか。私はよく地域の方のお葬式に出ていたので、そういうふうに感じていた。またわざわざ身支度を整えて通夜に出かけても、なんだかわからないうちに、会場を後にするのも嫌だった。来てくれた人になんらかの気持ちを表したかった。

そこで、挨拶文と父の回想を書いて、葬儀のときに渡すことを考えていた。また父は大変永く生きたので、父の生きた証も残したかった。既にその原稿の下書きは終えていたので、その夜から私は仕上げに取り組んだ。

次の日は、葬儀社の担当者との打ち合わせであった。そこで、参列者の席は、親戚も全員、祭壇を向くように、椅子は正面を向けてくれるようにと、私は頼んだ。

葬儀の時間だけでも、みんなが祭壇の父の写真を見て父のことを偲んでほしかったし、親戚のみなさんには、焼香者に何度も会釈をすることよりも、祭壇を見ていてほしかった。また、焼香をしてくださる人も、親戚に気を使わず祭壇の父に語りかけてほしかった。


だから夫と私が端に立って、挨拶をすることにした。


葬儀には、いくつかのプランがあり、セットみたいな感じだった。列席人数の多いほど祭壇や棺など価格が高いものが使われるように思えた。うちは列席人数は多くないが、祭壇だけはきれいな美しいものにしたかった。

「うちは、Cプランですが、Dプランの祭壇がきれいですね。祭壇だけ、Dプランの祭壇に変更できませんか」と私は問うた。

「大丈夫ですよ。できますよ」

値段は、どうなるかと聞くと、Dプランの祭壇とCプラン祭壇との価格の差を追加すればいいとのことであった。ひとつひとつに価格というものがあるようであった。なるほど、どんぶり勘定でなく明朗会計なのだ。実際、葬儀の後で明細書が送られてきた。

祭壇だけはいいものをという思い

最後の贅沢ではないが、祭壇だけはお金をかけてもいいと私たちは考えていた。父は生前、べつにお金に困ることはなかったが、質素な堅実な生活をしていたからであった。

父が贅沢をしているのを見かけたことはなかったが、そんな生活の中で2つほど印象に残っていることがある。

父は、眼鏡を5つも6つも持っていて、「めがね道楽だ」と言っていた。でも、白内障の手術のあとは視力が合うようになったので、眼鏡は必要なくなったという。「道楽」がなくなってしまったのだ。

またある年の冬には、縁側にシクラメンを7つも8つも置いていた。どれもきれいで高価そうで、同じようなチェリー色と言ったら良いのだろうか、華やかなピンクの大ぶりのシクラメンであった。

「とてもきれいなシクラメンですね」と私は言った。「同じようなものを8つも持っているのですね」とは言えなかったが、私がそんな顔をしていたのか、父が自覚していたのか、父は少しはにかみながらバツが悪そうに言った。

「つい、ほしくなってしまってねえ」

それで、私に1つくれたのだが、きれいなシクラメンをいただけてうれしかった。なつかしい思い出である。

葬儀までに決めなければならないことがいくつもあった。引き出物や料理をどれにするか、どの人に知らせるか、心づけはいくらにするかなど。料理はすぐに決まったが、引き出物はなかなか決まらなかった。

どれも、ありきたりのものだと夫は不満であった。夫が提案したもののなかには、インスタントのコーヒーや紅茶が含まれているものもあったが、飲まない人もいるだろうと考えて、私は反対した。そんなことをあれこれ考えていると、結局、月並みな海苔とお茶になった。

会葬お礼の挨拶状については、うちで用意したもの、すなわち私が書いたものを使うことにしたので、私は葬儀担当者に問うた。

「ここに含まれている会葬御礼でなくて、うちで用意するものを使いたいのですが、可能ですか？」

「ええ、いいですよ。それでは通夜の前の日までに用意してください」

と、まったく嫌な顔もせずに引き受けてくれ、通夜の前日にその封筒を香典返しの紙袋の中に、一つひとつ入れてくれた。

101歳の誕生祝いの101本もの灯がついたろうそくの写真

火葬場の都合で通夜まで6日ほど日があった。

私は、挨拶文と父の回想を書き終えた。凝り性の私は、それに菊の絵まで入れて、きれいなものにした。

そして、大手書籍・文具店に封筒と印刷用の紙を買いに行き、自宅にあった業務用プリンターで印刷した。それを手先の器用な義姉と夫が折って、1部ずつ封筒に入れた。

葬儀場の入口には、父の元気なときの写真を飾ることにして、101歳の誕生日のお祝いのときに写したものを用意した。

それは、孫とその夫も含んだ家族に囲まれた元気な父と、101本もの灯がついたろうそくの写真であった。101歳の元気な老人と、凝ったろうそく台を作る気力のある工作好きの家族が揃わなければできないものだ。希少な写真といっていいだろう。人々の印象に残ってほしいので迷わずに選んだ。

ケーキにろうそくを101本立てるわけにいかないので、工作好きの私は特別にろうそく台を作った。ろうそく台の土台は、ホームセンターで発泡スチロールを円形に切り抜いてもらったものだ。それに金色のマジックやマニキュアで光る地を塗り、淵に絵のついたきれいなテープで装飾を施してろうそくを101本立てた。

101歳の誕生日祝いの日には、明かりを消した暗い部屋で、父がろうそくに順に灯をつけた。101本ものろうそくが一斉に光を放ち、揺れるのは圧巻であり、情感もあった。

私は、その写真を大きくプリントして額に入れた。

「まるで天国のお花畑みたい」

夫や義姉と共に弔問客の相手をしたり、葬儀社との打ち合わせなどもあり、数日間があわただしく過ぎていった。

通夜の日になり、私たちは葬儀の会館に行った。村上家の会場に入ると、そこにはたいそう美しい生花の祭壇が作られていた。

まあ、なんときれい。まさか、これ、本当にうちの祭壇なの⁉　部屋を間違えたかしら……。庶民の私は、そう思ってしまったほどであった。

しかし祭壇の中央には、父の遺影が間違いなく飾ってあった。

若い男性が花束を配置したり、果物籠を運び入れたりして、全体を眺めながら祭壇を整えていた。

「村上です。とても、きれいですね。ありがとうございます」とお礼を言った。

なんて美しいのだろうと心から思える祭壇であった。それは豪華な花をいっぱい飾った美しさではなく、清らかな清楚な美しさであった。

色の配色がとても上手だった。白と淡い青と紫色の花の地のなかに、ところどころ華やかなカトレアが飾られていた。

その濃厚なビロードのような美しい色のカトレアは、淡い清楚な色合いの花の地のなかで引き立ち、その美しさを際立たせていた。

清楚な地の花に、気品のある美しいカトレア。それらが相まって、なんとも清らかな美しさを会場に漂わせていた。

式は、ごくふつうに滞りなく行われた。葬儀の担当者はよくやってくれていた。ふつうの仏式のお葬式であったが、親戚の者が前で向かい合って座るのではなく、みんなが美しい祭壇に向かって座っていたことが違っていた。

葬儀の最後には、みんなで棺に祭壇の花を入れてあげた。

親類の者が言った。

「きれ～い。まるで天国のお花畑みたい」

やっぱりセレブになれたのよ

葬儀が滞りなく行われたことにホッとした。

よく葬儀のときに、喪主が「みなさまのおかげをもちまして、滞りなく行われ……」と挨拶する。これは決まり文句かと思っていたが、実際に経験してみると、子どもとして親の葬儀が滞りなく行われることは大切なことであった。

102歳の大往生なので、誰もが冷静でいられ、父と仲の良かった人も、もうこの世にいないので訪れることもない。親戚や地域の方が慣習で来てくれたので、寂しい葬儀ではなかったが、淡々とした葬儀であった。

そのような中、祭壇の美しさはたいそう印象に残り、人々は祭壇の美しさを誉めてくれた。私が書いた挨拶文と父の回想も好評であった。

私は、正直に話す実姉に尋ねてみた。

「お葬式、どうだった?」

「A社のお葬式、良かったわ。祭壇がとてもきれいだったわ」

父の葬儀の次の日だかに、歌舞伎役者の葬儀がテレビに映し出されていた。うちの祭壇のほうがきれいと私はふいに勝手に思った。べつに比べようとしたわけでないが。

お父さん、102歳まで頑張って生きて、やっぱりセレブになれたのよ……。また思った。

父が亡くなって落ち着いてから、看護部長さんに報告とお礼を言った。

「父は5日に亡くなりました。大変穏やかに、家族の見守る中、亡くなりました。やっぱり家で看てあげて良かったです。熱心に勧めてくれて本当にありがとうございました」

「そうですか。安らかに亡くなられたのですね」

そして、父の目が大きくなった不思議な出来事について聞いてみた。

「こんな不思議なことってあるのですか？」

「ありますよ」

彼女は死を多数看取ってきたのであろうが、やはり不思議なことはあるのだ。

彼女が自宅で看取ることを勧めてくれなかったならば、このような理想の亡くなり方はできなかったであろうと思うと、感謝の思いでいっぱいである。

彼女は、1度ならず3度も、躊躇している私たちを呼んで、一生懸命に説得してくれたのだ。その熱意には本当に頭が下がる。私も彼女の熱意にほだされて、考えてみたのだ。

「最期は自宅がいちばんです」

自宅で父を看取った感想を書こう。

たった9日間なのに、偉そうに「看取った」と書いたが、看護部長さんの言われる「最期は自宅がいちばんです」という言葉どおりであった。

また、「今は大変でも、3カ月後、1年後には必ず良かったと思う日が来ます」との言葉は、まさに私たちの気持ちを表している。

何が良かったのか。父は退院間際には、栄養不足で寝ている時間が長くなり、退院まで意識があるだろうかと心配するほど衰弱をしていた。目もうつろだった。

ところが、退院の朝、「お父さん、今日退院しますからね」と言って父の目を見たら、目が輝いていた。「目が輝く」とはこのことかと思ったほどだった。それまでにあんなに父が目を輝かせていたのを見たことはなく、本当に良かったと思った。

また、家に帰ってきて「どうですか」と聞くと、父は、ひとこと「幸せだ」と答えた。この言葉は、今でも、ふと思い出すことがある。

父が亡くなる前の晩、私たちに不思議なお別れをしてくれたことも、心に残る。これは、自宅なのでできたことではないだろうか。

最期の光景も良かった。よく臨死体験者が、臨死状態のとき、上から自分の肉体を見下ろしているというのがある。そうであるならば、父は、自宅で家族に囲まれて安らかに亡くなっていく光景を見たはずだ。

魂というものがあるなら、最期の光景は心に刻まれよう。そして、今生を思い出すときに、それはひとつの美しいシーンのように現れるものではないだろうか。「終わりよければ、すべてよし」という表現もあるではないか。

義姉に、何が良かったかと聞いてみた。

病院にいると、どうなっていくのかわからず、危篤と言われても間に合わなかったかもしれないし……とのことであった。

なるほど、自宅に連れて帰ってくることによって、いつ危篤の連絡がくるかと、そわそわして待つこともなくなった。そわそわしているよりも自宅で世話をしてあげたほうがはるかに良いし、おかげで確実に死に目に会うことができた。

夫にも聞いてみた。

「そうだなあ。家に連れて帰ってあげたことかなあ。おやじは、帰るんだ、帰るんだと言っていたじゃないか」

父にとっても、我が家は格別なものだったかもしれない。

父は生前、言っていた。

「どっかへ行っても、やっぱり家がいちばんだと思うなあ」と。

父が愛していたのは、贅沢なことではなく、家、正確には家にある畑、土だったのかもしれない。

父は生涯、土と共に生きたと言ったら良いだろうか。いわゆる土地成り金になって豪遊しようとせずに、102歳直前まで土地を耕し続けた。最後に帰ってくることができて何よりであった。

このように私たち3人では、父を自宅に連れて帰って良かった点について、重点の置き方が少し異なるが、「最期は家がいちばんです」という言葉に、まさに収束できよう。

最期だけでも家で看取れるならば

自宅介護は大変であるように私には思えるが、最期だけでも家に連れて帰ってきてあげることができたら、それは想像以上に素晴らしいものになると思う。

わが家の場合は、病院で亡くなるのと家に引き取って看取るのでは、歴然と差があった。ありていに言えば、「えらい違い」であった。

わからないこと、不安になることもあろうが、それはケアマネージャーさんや訪問看護師さんに聞きながら、ヘルパーさんにも手伝ってもらってできる可能性はある。

かかりつけの医者さえいなかった父をわが家で看取ることなど考えもよらなかった。しかし、看護部長さんに説得され、また介護保険制度を使ってできたのである。それが可能な方にはお勧めしたい。「村上さんの言うとおりだった」と思える日がくることを願っている。

ただ、看護部長さんが、「自宅で看取るには、いくつかの条件があり……」と話されていたので、誰にでもというわけにはいかないだろう。「いくつかの条件」については、看護部長さんは何であるかを話されなかったので、残念ながら私にはわからない。

自宅での看取りは良かったが、それは、支えてくれた人々がいたからこそできたことである。介護体制というものがなかったら、とてもできなかったと思う。

城山さんという良いケアマネージャーに巡り合えたのは幸運であった。介護事務所の社員教育も良かったのだろう。

私の通っている教会の人がお世話になって良かったということで、こちらに頼んだのだが、介護事務所の方針などもケアマネージャーさんの行動を規定すると思う。

後日、お礼をしようとしても、彼女は、プロ意識といったら良いのだろうか、「規則で……」と言って、決して受け取ろうとしなかった。誰もいなかったので、懐にいれてもわからないと思うが、固辞された。

仕方ないので、「教会で、城山さんのことを宣伝しておきますね」と言うしかなかった。

あれから2年になるが、先日、教会の牧師先生の奥さんにお世話になった介護事務所のことを話したら、「あそこは評判が良くて……」と、おっしゃられていた。ケアマネージャーは当たりはずれがあると聞いたこともあるが、介護事務所によっては、違うのかもしれない。

「今まで見たなかでいちばん美しい祭壇」

父の入院から葬儀に至るまで、いろいろな人にお世話になったが、看護部長さん、城山さんの他に、私が大いに感謝している人がいる。それは美しい祭壇を作ってくれた葬儀会場専属の生花店の荒田さんである。

先日、親戚のとても社交的な人に言われた。

「今までたくさんの人のお葬式に出たけれど、お宅のお父さんの祭壇が、今まで見たなかでいちばん美しかったわ。お葬式のとき、こんなこと言って良いかわからなかったので、言わなかったけれど」

やっぱり非常にきれいな祭壇だったのだ。

他の親戚のお葬式が終わって、雑談しているときに彼女が私にそう言ったことにちょっと驚いたが、よほどきれいであったので思わず口にしたのだろう。

よく考えると、セレブではなく庶民のわが家の祭壇がいちばんきれいだったことは信じがたいが、本当にそう思えた。

おそらく、立派な豪華な祭壇を作る必要もなかったので、ただ美しい祭壇をと望んだのが良かったのかもしれない。

その祭壇は、葬儀のときに私が注文をつけたものである。私は葬儀の担当者に頼んでみた。

「大往生ですから、悲しみの沈んだお葬式というより、祭壇はきれいに天国のお花畑のようにしてください」

「それでは、こんな花を使いましょうか」と言って、彼は花のカタログの中から、カトレアの花の写真を見せてくれた。

「そうしてください。とてもきれいですね」

カトレアは華やかなひときわ美しい花である。悲しみの葬儀では、白や黄色の菊の花が多く使われるが、うちは大往生なので、悲しみの色を使う必要はない。言ってみれば人生の「あがり」であるので、華やかなカトレアも良いだろう。

その華麗な花を用いて作られた美しい祭壇は、長い間頑張って生きた父に対する最後の賞状だったのかもしれない。

ただ、きれいな祭壇と頼んでも、こんなに美しく作ることは難しく、これはひとえに生花店の荒田さんの美的センスが良かったのだ。

電話でお礼を言った後、聞いてみた。

「荒田さんは、色の配色をいろいろと考えるのが好きですか？」

「ええ、好きですよ」と、彼はわが意を得たりといった感じで答えた。

私も色彩や配色が好きなので、彼の思いはわかる。お金を多少かけただけでも美しいものができると、改めて学ばせてもらった。

私は、「天国のお花畑のように」と、なんとなく頼んだが、彼が作ってくれたのはそうでなくて、清楚な清らかな美しい祭壇であった。ただ華やかな美しさと違って、清らかな美しさを放っていて、それは人々の心に残るものであった。

100点満点で点数をつける葬儀のアンケート

葬儀が終わって1カ月ほどしたときだろうか、A社から葬儀や特約店についてのアンケートが送られてきた。

実に細かいアンケートであり、はじめに葬儀の点数と担当者の点数を100点満点で、記入するようになっていた。これには驚いた。

夫と相談して、担当者に90点、葬儀に95点をつけた。その他、いろいろな項目にわたって質問がされていて、私には不満がなかったが、夫になんと書いたら良いかと聞いてみた。

「しいていえば、引き物の種類がありきたりで、少ないことだよ。A社はスーパーの会社なのに。それこそ、もっとあってもいいんじゃないか」と言った。

「たしかにそうだけれど、他になかなかこれという万人向けのいいものがないじゃない？ たしかにスーパーの会社だけれどね」

と返事をして、夫の意見も書いた。引き物の品数が少ないというのが5点減点で95点となった。

葬儀担当者としては、自分に100点満点で点数をつけられているのはどんな気分だろう。このアンケートがあるからなのか、そうでなくてもやるのか定かではないが、ともかく彼は良くやってくれた。不愉快なことは何もなかった。

先日、親戚の葬儀に出たところ、その葬儀には不備がいくつもあり、喪主は最後に怒っていた。

例えば列席者は、火葬場からマイクロバスで斎場に戻り、もう一度会場まで行き、葬儀で使用された花と果物を受け取るはずであった。

ところが担当者はそのことをアナウンスせず、誘導もしなかったので、マイクロバスを降りたら帰ってしまった人がいた。うちも車に乗り込んだところで喪主に呼び止められた。仕方ないので、帰ってしまった人には、あとから親類の者が車で持っていくことにした。

「こんなことでは困ります」

喪主の彼女は怒って言った。

「すみません」

担当者はひと言答えた。

「このお葬式はいくつも不備があったのですよ。焼香台だって場所が違っていたので列席者に直してもらったりして……」

彼女はさらに強く抗議した。

「すみません」

担当者は、またたったひと言答えた。

「お宅はお葬式はいくつもやっていて、うちはその一つなんでしょうけれど、うちにとってはたったひとつのお葬式なのですよ……」

と、彼女はたたみかけるようにいっそう強く抗議した。

私たちはここで帰ったので、この後どうなったかわからないが、結局は泣き寝入りをしたのであろうか。

彼女は父親を愛していて、葬儀には思い入れがあったのだろう。会場の入口にはたくさんの写真が飾ってあった。いただいた「追想のしをり」には、「……どんな言葉も感謝の思いを言い尽くすことはできません……」と綴られていた。

そんな気持ちで葬儀をしたのに……と思うと、彼女が気の毒であり、葬儀社の担当者に対してやりきれない思いがする。

葬儀はトラブルがないことが大切で、葬儀社選びは重要であると、このときに改めて思った。

この葬儀の終わりのときに、わが家の葬儀が終わったときのことを思い出した。また、それだけでなく、祭壇の美しさについて再び考えたものだ。非常にきれいな花々に囲まれた父の遺影のことを。

父は、長い晩年を孤独にひっそりと生きた。その父が、みんなが称賛する美しいたくさんの花々に囲まれていたのは、最後の予期せぬ華と言ったらよいのだろうか。うれしくて感謝の思いである。

生花店の担当者は、100点満点中120点と言えようが、残念ながらそれをつける欄はアンケートにはなかった。

葬儀が終わってしばらくしてから、私は葬儀社に電話して、お礼をするために彼の勤務先の生花店の住所を聞いた。

そのとき、たまたま彼の上司に当たる人がその場にいるという。

「電話を替わりましょうか」と聞かれたので、そうしてくださいと述べて替わってもらい、私はお礼を言い、彼のセンスを誉めた。その後、彼は待遇がよくなったであろうか。願うところである。

「今まで見たなかでいちばん美しい祭壇」と親戚の人に言われたが、私も夫もそう思っているし、あれから2年近く経つが、その思いは今も変わらない。

第6章
父との3カ月半を振り返ってみて

濃厚な人生を考えさせられる日々

父の四十九日が過ぎて、ひと段落して、私はいろいろなことを顧みるようになった。父が入院してから葬儀が終わるまで4カ月足らずであったが、大変濃厚な時が流れた。私にとっては重い毎日であり、それは日ごろの日常生活では遭遇しない日々であり、いろいろなことを考えさせるものであった。

抑制のミトンと帯をされた父、記憶障害、「平穏死」の選択、医療病棟に入院している人々、その家族、延命の中止、不思議な仲よし時間、父の子どもたちに対する熱い思い、看護部長さんの熱意、みなさんの熱心な見送り、看取り、不思議なお別れ、死んでいくということ、美しい祭壇……。今でも、振り返るたびに人生を考えさせられるが、死とはそのようなものなのだろう。しかも102歳であった。考えたことを、いくつか書いてみたい。

父にいい死に方をもたらした大きな要因はいろいろなことが考えられるが、天の神様が頑張って生きた父に、最後に華を添えてくれたように私には思える。父のいい死に方には、父や家族の努力を超えた幸運なことが重なっていたからである。

第1の幸運は、『「平穏死」のすすめ』という本の広告が、ちょうど父が入院したあたりに新聞に載っていたことだ。それまでも広告はされたのかもしれないが、私の記憶には残っていなかった。そのときに目に留まらなかったならば、今頃、どうなっていただろうか。

第2の幸運は、看護部長さんが京都のセミナーに行き、自宅での看取りを熱心に勧めてくれたことである。京都のセミナーがいい時期にあったことは幸運なことであった。

また、ケアマネージャーの城山さんがとても有能で親切で、彼女なしではこんなにうまく事は運んだかは疑問である。

さらに葬儀社契約の生花店の担当者が抜群に美的センスの良い人であったことである。「今まで見たなかでいちばん美しい」祭壇は、庶民のわが家にとっては、天の配慮としか思えない。感謝である。

3カ月半はお別れをするのにほど良い期間

よく「ピンピンころり」が理想の死に方だという。たしかにそれもいい死に方かもしれないが、入院してから3カ月半くらいで亡くなるのも、いい死に方であろう。

3カ月半というのは、家族にお別れをするのにほどよい期間であった。この3か月半の月日はお別れのためにあったように思われる。

その間、家族は転院先の病院を見学に行った1日を除いては、毎日ずっとお見舞いに通い続けた。それは私たちに、やるべきことをちゃんとしたという満足感をもたらした。

そして、意識不明になる前に家族それぞれがお別れの言葉、お礼を言えたのも、家族にとってありがたいものであった。

私に関しては、「あまりいい嫁でなかったのですが……」と言うと、「そんなことはありませんよ」と言ってくれてニコニコと見つめ合ったことを、今でもうれしく思い出すことができる。あんなに長い間ニコニコと見つめ合うなんて、ふつうでは考えられない不思議な出来事であった。

そして、それだけではなく、この3カ月半は、父とのそれまでの関係を改めたものであった。

おそらく90歳は過ぎていただろう。その頃、父は、夫に「貴美子さんに家の掃除をしてほしい」と話したことがあった。

それまで私は歳末の大掃除は手伝っていたが、要請されても週末に父のもとに行き、掃除機をかけたり、ぞうきんがけをするといったことをしようと思わなかった。義姉にしてみれば感じが悪いのではないかと考えたからである。掃除をするのが大変なほど広い家屋でもなく、ごくふつうの大きさの家であり、健康な義姉にとっては、家屋の掃除は決して大変なものではないはずだ。

しかし再度要請があったので、家の中でなく、庭の掃除をすることにして、私は1〜2週間に1度週末に訪れて、何年も庭の掃除を続けていた。夫は毎週末訪れていて、その掃除にも加わった。

その庭はすでにきれいな庭で、5ミリから2センチくらいの草を私は抜いていた。96点の庭を私が98点まで引き上げたのかもしれないが、庭は70点で充分と考えていた私にとって、ただ虚しい作業であった。

困っていたら助けてあげるけれどとか、みんなでどこかへ行く方が楽しいのに……と思うと、精が入らず、まさに手抜き仕事を続けた。2センチたらずの草抜きの意義は求められず、求めようとすれば父の満足であった。それで父の満足のために、私は手抜きの草取りをしていた。

しかし、父が入院してからは、これは一生懸命やってあげる意義があると考えて、私は打って変わって、進んでいろいろなことに奔走した。

今思うと、手抜きの草取りは悔いることなく、3か月半の奮闘は私に自己満足をもたらした。自己満足であるが、理想的に亡くなることができて、心から良かったと思う。また虚しいだけの草抜きで終るのではなく、最後に意義のある親孝行らしきものができて、私は本当に今でも嬉しく思う。

また、この3カ月半は、父がこの世との別れにも必要な期間のようにも思われる。父は、最初の救急病院では「帰りたい」としょっちゅう言ったり、周りの人に不満を露わにしていた。

しかし、医療病棟では、最初のほんの数日以外はそんなことはなかったと思う。中心静脈栄養や輸液の点滴をやめたので栄養不足になって、この世への執着が消えていったのだろうか。それとも別な何かによるのかわからないが、執着や不満がなくなっていったように思える。

お見舞いに行っても、何ものにも不満を表さなかった。見舞いの初めに、「お父さん、どうですか?」と聞くと、いつも「痛くもかゆくもありませんよ」と言い続けた。それは、体だけでなく、心も「痛くもかゆくもない」状態のように思えた。

枯れるが如く死ぬというが、精神も、肉体の消滅に合わせてこの世の余剰な思いを捨てて枯れるように準備をしているのかもしれない。

執着や不満がなくなったかのような父が言い続けたことで心に残っているのは、ただひとつ、「啓治は元気か。昭子は元気か」である。

何かの本に書いてあった。

「死ぬときは、生まれたときと同じようにまっさらな心で死にたい」と。

まっさらな心も良いが、この父の心意気も、また私の心に深く残るものであった。

子どもたちの「元気」にこだわった理由

子どもたちのことを言い続けた父のことを思い出すと、私は感慨をもよおす。それは、元気なときには表すことのできなかった父の家族への思いを、死ぬ間際になって伝えたようとしたものではないだろうか。今、そんなふうに思う。

単に記憶力が衰えて何度も同じことを聞き続けたというよりも、不思議な力が働いて父の思いを伝えようとしたのではあるまいか。

父は、記憶力は著しく衰えていたが、入院中も、「外は、暑い?」とか、「今、何時?」とか、ごくふつうの会話ができていた。また、現状を理解してその場にふさわしいことを言っていた。

送迎バスに遅れるといけないから早く帰りなさいと、義姉に話したこともあるという。現実を理解していないと、こんな言葉は出てこなかっただろう。

私には、「今、何時?」と聞いて、「2時です」「3時です」と答えると黙っていたが、「4時です」と言ったときには、「もう帰って夕飯の準備をしなさい」と的を射たことを話していた。

夫には、「貴美子さんは来ない。今度、いつ来るの?」と、ときどき聞いたそうだ。これも、記憶力は衰えたものの現状を理解している父としては適切であろう。もちろん私は週に2〜3回くらいお見舞いに行っていたが、父はそれを忘れて、私の来るのを待ってくれていたのだろう。

この先にあるのは、「啓治は来ない。いつ来るの?」「啓治はどうした。会社か?」「昭子は今日、何をしている。いつ来るの?」などと聞くことであろう。

ところが、である。子どもたちに関しては父は一度もこのような現実的なことを尋ねたことがない。いつも子どもたち2人の名を挙げては、「元気か?」と聞くのであった。

子どもたちは、遠くにいるわけでもないし、床に臥せるような病気をしたこともない。にもかかわらず、元気か? といつも問うのは不思議なことだった。「元気です」と答えた後に、「元気が、何よりだ」と父はただ満足していた。

なぜだろうかと、私は考えてみた。

父は若い日に妹たち3人を病気で亡くしている。さらに幼い息子を病気で亡くし、妻も長い闘病生活の末に亡くなった。父自身は病気とは無縁だったが、若き頃から大切な人々を病気で何人も亡くしているのだ。

だからこそ父が、子どもたちに願うのはお見舞いに来ることより何より、病気でなく、「元気」なことではないだろうかと、やっと思い至った。

父も多くの辛いことに遭遇して生きてきたのだったとあらためて思われた。

死ぬときに現れる計り知れない不思議なこと

亡くなる前には子どもたちが「元気か」とだけ尋ねた父だが、入院前の元気だったときは、そのようなことを言うように思えなかった。

父が息子によく言っていたのは「部屋を片づけろ」であった。同居はしていなくても夫の物は実家の至るところに置いてあり、私の目からも見苦しかった。

「啓治。こんなに汚なかったら、俺の葬式の前に人に来てもらうのが恥ずかしいじゃないか」と何度も言っていた。私まで怒られたことがある。きれい好きの父としては、気がかりだったのだろう。

入院中、父は夫に「人寄せすることになるのかなあ」と話していたそうである。「人寄せ」とはお葬式のことを言うらしい。父は葬儀のことも考えていたのだ。しかし入院してからは、もう一度も家をきれいにしておけとは言わなかった。

また、生前、自分が死んでも、このくらい庭をきれいにしておくようにと、ときどき言っていたが、それもひと言も、言わなかった。

今まで言ってきたことは一切言わず、死ぬときになって言い出したのは、ただひとつ、「啓治は元気か。昭子は元気か」であった。

まことに不思議なことであるが、死ぬときになって、いつも願っていた思いが、心の奥底から沸々と湧き上がってきたのではないだろうか。

今、こうして振り返ってみると、その場の状況を超えて現れてくる人智の計り知れない不思議なことがあるのではないかと思う。

なんだかこじつけのように感じられるかもしれないが、父の元気なときの言葉と、たった2カ月後の死を前にしたときの言葉とではあまりにも違うので、そう考えるより他にないだろうと私は思う。

また、そのときの父は現状を理解しているどころか、「忙しいのに見舞いに来てくれて悪い」「大丈夫です」「そう言ってくれるとありがたい」といった深い思考をしていたのだ。本当に不思議なことである。

このような過程を経て、「啓治、部屋を片づけろ」と言い続けた父よりも、「啓治は元気か。昭子は元気か」と言い続けた父のほうが、私の心に残る父となった。

父の子どもたちに対する強い思い。そしてそう言い続けた父を、新たなありがたい気持ちで思い出すことができる。

息を「引き取る」ものとは

人の死が決定づけられるは、呼吸や心臓が停止することである。しかし、「息を引き取る」と言う表現はそうではなく、何者かがこの世から息の紐を引いたような言い方である。

人は死んで無になるなら、「引き取る」主体がいるような表現は理解しがたいが、実際にそのように感じられることがあるから、昔の人はそう言うようになったのではないだろうか。

私は、父の死を経験するまでは、ただ慣用句として「息を引き取る」という言葉を知っていただけだ。どうして、「引き取る」なんて表現をするのだろうと考えたこともあるが、深くは考えなかった。

しかし、父の最期の行程を伴走した今は、この表現はまさに父のこの世の臨終にふさわしいものだったと思う。

では、息を「引き取るもの」とは何であろうかと思い巡らせた。肉体から、息すなわちこの世のいのちを引き取る主体――。それは、魂と言われているものではないだろうかと私は考える。

私は、もともと「魂」を信じていたが、父の最期を見届けて、不思議なものの存在をあらためて考えたものだ。

「そんなことはない。あなたの思い過ごしだ。人は死んだら無になる」と考える人もいるだろう。

しかし、死ぬ前日の限りなく衰弱した夜に、「あげて」と言ったことのないベッドを「あげて」と頼み、あれほど小さくなっていて、私に「どなた?」と尋ねていた父の目が元の大きさに戻り、強い光を放っていた不思議な出来事を何と説明できよう。

死が不思議なものであるなら、死に至る生、すなわちこの世のいのちも不思議なものであろう。

そう考えると、人生に対して新たな思索をしなければならない、と思う。このように、父の死に方は、家族にいい思い出や得難い経験、いのちというものに対して思索をさせてくれた。

一方、父自身は子どもたちを案じる言葉を発し続け、最後にはたくさんの方から温かい見送りを受けて「セレブ」にもなった。そして、自宅で家族に看取られて迎えた平穏死。「今まで見た中でいちばん美しい祭壇」での最後のお別れ。

これは、まさに理想の死に方であり、願ってもなかなか叶わないものなのではないだろうか。

このようなことをいろいろと思い廻らしていると、私は記憶の定かのうちに父の理想の死のことを記したいと思うようになり、この手記を書いた。書くことによってあらためて思索して理解できたこともいくつかあった。それは私の心に清らかなものを残してくれた。

父の死、父のことを顧みてきたが、父に関して私が記したものはもうひとつある。父の葬儀のときに会葬者に渡した「御会葬御礼　及び父の回想」である。

それは人々の印象に残ったのか、「良かった」と後々まで言われた。父は、上手く生きたとは思えないが、非常に頑張って生きたと思う。父の頑張った生き方に人々は共鳴してくれたのであろう。

父を知る人が、一生懸命生きた父のことを記憶に留めてくだされば、誠に幸いである。

それは次のようなものであった。

*

御会葬御礼　及び父の回想　　村上家

亡父　村上敏男儀　葬儀に際しましては、ご多忙中にも拘らず、ご参列いただきまして、誠にありがとうございました。

故村上敏男は、十二月五日、大変安らかに、あの世に旅立ちました。享年一〇二歳の大往生でした。

父は、今年の八月の中旬、腰の圧迫骨折をおこし、入院いたしました。入院後、誤嚥性肺炎を起こし、三か月半後、最期は家でということで、自宅に戻ってまいりました。その八日後、家族に見守られるなか、本当に静かに息を引き取りました。

故村上敏男は、明治四三年八月二二日、この多摩の地、三木で生まれました。その生涯は、明治、大正、昭和、平成の激動の四世代に渡ります。

四歳の時に、第一次世界大戦、三十一歳の時に、太平洋戦争が始まっています。そして、終戦、戦後の復興など、本当に色々なことがあったと思います。一世紀を生きたということは、大変なことだったのだなあと改めて思われます。

そのような時代のなかで、父と言えば、真っ先に、思い出されるのは田畑仕事です。今でも、暑いさなか、田んぼで腰をかがめて必死で草取りをしている姿、秋の収穫の時、懸命に稲刈りをしている姿が目に浮かびます。

そして、更に晩年に至っても、庭や畑に、木を植え、野菜や花を作り、その手入れや、草取りをするのが日課でした。

また、大変健康であったことも、父を語る上で欠かせないことです。入院する三日前までは、自分の身の回りのことは、もちろん、家の周りや庭の掃除も、自分でしておりました。本当に健康で、長い間、かくしゃくとしていました。

父の健康の秘訣は何かと考えますと、食べ物と体を動かしたことと、気概を持っていたことかと思います。

食べ物で良かったと思うのは、豆腐と魚の鮭です。とてもよく食べておりました。体を動かしたことは、いつも庭の掃除や草取り、野菜作りに余念がなかったことです。

また、気概は、大変あり、人を頼ろうとせず、年老いても、自分でやらなければと考えていました。嫁が、「お父さん、お墓の掃除はいいですよ。」と言っても、「俺を年寄り扱いするのか。」なんて、信じられないことですが、百歳になっても言っていました。やはり気概を持つことも、健康でいる秘訣なのかと思います。

また、健康であるだけでなく、記憶力は衰えましたが、話題等は他の人と変わらず、精神的衰えは感じられませんでした。今、こうして父の一生を振り返ってみますと、一〇二歳まで、ほぼふつうに生活出来て天寿をまっとうしたことに、驚きと深い感慨を催します。

最後になりますが、父が残したものがございます。桜の木です。木の好きな父は、三木の自宅の東の土手に桜の苗木を数本植えました。それが大きく育ち、今では、毎年美しい花を咲かせています。その桜を見る折には、父のことを思い出していただければ、幸いです。

生前、皆様に賜りましたご好意に感謝すると共に、亡き父のために、お集まりいただきましたことに、厚くお礼申し上げます。

平成二四年　十二月　十日

喪主　村上啓治

あとがき

本書を読まれた方は、前半は起こりうるだろう奮闘記、後半は、ある意味ではできすぎた話と思われるかもしれません。しかし、ここに記した出来事は、不思議なことも含めて全部本当のことであり、参考になさってお役に立てていただければ幸いです。

この手記にはいろいろなことが書かれていますが、やはりいちばん伝えたかったのは、どのようにして父が平穏死を遂げることができたかです。

平穏死の本を読まなかったならば、そして転院先の病院が異なっていたら、父は嫌いなミトンをされて辛い闘病生活を送り、悲しみのなかで亡くなっていったかもしれません。そのようにならずに済んだことを幸せに思い、平穏死の本に巡り合えたことを大変感謝しています。

私は、これまでも人は穏やかに亡くなるのが良いとなんとなく思っていましたが、父の死を経験してみて、安らかに穏やかに逝くことができるのは大きな価値のあることだと、以前にも増して考えるようになりました。

父が亡くなってから2年が過ぎますが、おそらく何年経っても父が安らかに亡くなっていったことをありがたく幸せなことだと思い続けることでしょう。
家族には、一日も長く生きてほしいという気持ちもあるでしょうし、また、そう願うのが家族の務めといった気持ちもあることでしょう。また、亡くなっていく人の年齢や状態で、「ともかく平穏死を」と一概に言えないことも、あるかとは思います。
それは措くとしても、平穏死の良さをみなさまにわかっていただければ誠に幸いです。幸運なことに、私は伝えるのにふさわしいと思える、得難い経験をしましたので、このように書き記させていただきました。

本書のこのような経験は、時間のある主婦だからこそできたことと思いますが、経歴もない一介の主婦の私に、出版の機会を与えてくださった水曜社の仙道弘生氏、編集を担当してくださった朝倉祐二氏にも心より感謝とお礼を申し上げます。また、あわせて企画のたまご屋さんの出版プロデューサーの寺口雅彦氏にも心より感謝とお礼を申し上げます。

井上貴美子

2015年4月

井上 貴美子（いのうえ・きみこ）
1953年神戸市生まれ。津田塾大学学芸学部・東京大学文学部卒業。在学中に学習塾を開き6年間経営。現在は東京の郊外で夫と暮らし専業主婦を営む。家で取れた野菜で得意の料理を作るのが楽しみ。もっとも好きなことは読書で、ノンフィクション作品を多く読み、人体の不思議や生と死について深く考えるようになる。義父の入退院と介護、葬儀までの体験を通じて、自宅での看取りに大きな価値を見出し、本書の執筆に至る。

102歳の平穏死　自宅で看取るということ

発行日　2015年6月23日　初版第一刷発行

著　　者　井上 貴美子
発 行 人　仙道 弘生
発 行 所　株式会社 水曜社
〒160-0022 東京都新宿区新宿1-14-12
TEL.03-3351-8768　FAX.03-5362-7279
URL www.bookdom.net/suiyosha/
印　　刷　日本ハイコム株式会社
企画協力　NPO法人 企画のたまご屋さん

　ISBN978-4-88065-362-4 C0095